ある魂の巡り会い

まり花法子
MARIKA Noriko

文芸社

目次

エッセイ

追憶という思い

人間くらいかもしれない。悪魔のようななにかにとりつかれたように、もっと賢くもなれるものを、愚かなことをして苦しみをつくり出すのは。他の生きものはたいてい生きるのに一生懸命で、心と悪魔なんてのはないのかな。でも人間は酷いことをしてるような時でも、それがなにかのためなんて思わされる。言葉があるからかもしれない。言葉でのせられてそれが時には行動にまで及んでしまうのだ。まあ、その行為はある言葉に滲み出ていた、ということもあるから恐いのだ。ほんとうだ。口は災いの元、とは心にとめておいたほうがいいかも。動物でも他の動物を食べたり、人間も他の動物を食べたりする。人間は悪魔のようななにかにとりつかれるかもしれない、弱さや哀れさ、苦しみがあるのだ。後になって思うと、そんなことはしたくなかった、ということもあるから。

感情っていうのはわからないところがあるなぁ。さみしさなど実感として感じるのは後々になんてこともある。犬のサチを穴に入れてるあの時より一夜明けて、翌晩いつもサチのいたところを見て、いないと感じた時に涙が出てくるなんて。

ネコだって時にはこういうことをすると聞いたことがある。オスネコが自分の子ではない、あるメスネコのこどもを殺しにくると。そうだ、私は動物学者じゃないからよくわからないところもあるかもしれないけど、咬み殺しにくるそのオスネコはまるで悪魔みたいだ。

オウム真理教についてあるジャーナリストの書いた本を見て、数年前とは感じ方も違うところもある。数年前はそのジャーナリストの見識に感心していたし、今でもそうだったりもするけど、オウムの人達の言葉や様子から、自分なりに感じたりもする。このイヤな世の中とは違ったなにかいいところにいて、簡単に喜ぶようなところもあるのだ。でもその根にはどうしようもない情念も抱えていたのだろう。

竹内まりやの『シングル・アゲイン』、あの曲を聴いて震えがくるようになったり、胸が締めつけられるような思いになるのは、それが真実になることもあるからだろう。しかし、私は『碧いうさぎ』のような存在も心のどこかで、そう、この広い空間と時間の中にいるのかと思ったりする。昔の人のこともあたったりするのか。もののけとか。

はじめ飼っていたネコのマァが死んで間もなく頭痛が治った時に、母が「マァがなんだか法子の厄を背負って亡くなってったみたい」なんて言っていた。今度もそうなるんだろうか。そりゃあ体の具合が良くなればうれしいけど、サッちゃんかわいかったな。ツタンカーメンがなくなった後、その妻が良いこともなく暗くなって、呪うようになったのがツタンカーメンの呪いとも聞いたことがあるな。

私はそんなに男女間の情念の中で生きてきたわけではないけど、愛しいことを失ってうらめしくなる、はらだたしくなる、むなしくなる、胸が痛くなる、というのはわかるのだ。

どうして生きものには心が痛くなるなんてことがあるのだろう。痛みを感じられれば優しくなれるとは限らないのに。かえって心が痛くなって悪意が生ずることもあるのに。でも人は心に愛するなにかが生きていると無意識的にだとしてもそう感じられなければ、辛く、つまらなくなってきたりする。私は神経質なところがある。だから苦しいとは直線じゃないのかも。なにか心に空洞があるのだ。ほんとうはもっと愛しいのに、心になにかわだかまりがあって、なにかに近づけないようなところもあるのだ。自分に自信が持てないところもある。問題が起きるのはいいことではないとしても、なにかあって温もりや愛しさが感じられるということもある。生きているとさみしさも感じたりするが、ある俳優が「一度しかない人生」なんて言ってたのを聞いて、死は安らかで生は辛いなんて思ったりもしたけど、それもさみしいのだ。心のどこかでは生の温もりを感じているのか。なにか辛くなったとする。体の具合とか。眠っているのは楽だと思ったりする。しかし、それが原因ってほんとうにわかれば、そう心は痛くならないのかもしれない。

ほんとうは私はもう疲れているのかもしれない。もう安らぎのあるところに行きたいのかも。言ってしまえば簡単だ。私に神経質なところがあるから。なにか楽しい、美しいと感じられると心は安らげたりする。一人前に夜一人のベッドはさみしいな、とか。

優しそう、だれだれは優しそう、善い心を持っていると感じたとする。しかし、私の書いた悪魔のようなら、極端かもしれないけど、「おまえのせいで、不注意でだれかが不幸になった」という、気をつけられるかどうかでそうなることもある。中森明菜の『ドラマボーダー犯罪心理捜査ファイル』のあの銀行員に言うように「自分の声が聞きたかったのね」ということもある。自分を感じられたとして、さみしく暗く感じる場合もあるだろうけど。どこからがキレイごとでどういうのが美しいのか判断が難しかったりする。キレイごとという言葉のニュアンスにはどこかウソが入っているというのもあるだろうが、私のように自分自身もクエスチョンだったりすると、いろいろ入り組んできたりする。しかし、高野悦子の書いた文やその人のように、複雑怪奇なところがあっても、それはこの世にあることだから、ある人とはまるきり違う別世界だということではない。『碧いうさぎ』のように、なにげない中から幸せを感じられるのがいいということもある。しかし、ある行為など美しいだけ、醜いだけではない情念があったということだろう。発端は醜いなにかでも、進んでいきたいほうには善いことを望んでいたということもあるから。

長谷川先生へ。

体が重いのが治りました。薬飲んでもすっきり治らなかったんですけど、ある不思議なことがありました。

昔の本など見ていると、『もののけ』とか『祈祷』とか出てきます。眠る前の祈りは大学二年の頃からしています。

家にいた犬のことです。老衰でもう十四年以上生きていましたけど、その犬が具合悪くなってきて、面倒を見ていました。その犬があの世へ旅立って間もなく、体が鉛でもついているように重くなったりしたのがウソのように治りました。以前にも似たようなことがありました。高二の時、かわいがっていたネコがネズミの毒にあたって、しばらく具合悪くなってあの世へ旅立ちました。そしてまもなく私の頭痛は治りました。母はもうそう言ったのを今は覚えていないけれど、その時「ママが法子の厄背負ってくれたような」と言いました。同じようなことが二度もあると自然の不思議を感ぜずにはいられません。

どこからこたえ（答え）はくるの？

私は思春期危機がやってくる前はその瞬間、そのシーンを楽しめる人間だったのに、なぜいつまでも時に引っ張られるような、まだやってこない時を恐れたり憧れたりするややこしい人になってしまったのか。

なぜ、いつまでも思春期危機がやってくるまではよかったなぁなんて、今でも心のどこかでその時間は生きているのに悲しい気がするのか。

私が自分という人を重いと感じるのは、はたして神経質だからだけなのか、世の中からの影響か。ヘレンケラーの心にともった灯がともればだれでも生きていけると思うのに、自分ははたして、あのなにかを失ったら生きていけないかもしれない弱さを持っていると感じていたりもする。こどもの頃に見ていた、見えないけど心では見えていたのがオレンジみぃこの絵にあらわれているとしたら、どうして思春期危機がやってきてからは見えないなにかが見えるような気がして、苦しんだり、恐怖の中にいるようになったのか。ほんとうは今の私が祈っているように、心と体と命と霊魂が大切にされる地球でありますように……それはそうできれば苦労しないのかもしれない。私だって心の痛みから命があると辛いなぁという思いを何度もしてきた。こどもの頃は見えない悲しみが優しさを伴っているように心に感じた。私は心のどこかで信じているのだ。ほんとうはみんな幸せになれるんじゃないかと。地獄なんてもし死んだ後にあったら……なんて思ったりする。だけどそうだから生きていこうならいいけど、あまりそのことを想像すると今でも心のどこかが悲しい自分がさらにさみしく惨めになるので今日は、今はこのへんでペンをおいておこう。

私は木を見るのが好きだ。夕方、青い山に夕日が沈んでいき、その時の雲の模様を見るのが好きだ。自然の土や草や木の中で風を感じるのが好きだ。さとうさんは「食べていると生きていてよかったと感じる」と言っていた。私もおいしいもの食べるの好きだけど、自然の美しさや包みこんでくれるなにかを感じると安らげるし、生きていてよかったなぁと思える。人間も自然の一つだ。人間からはドロドロしたことやドロドロした弱さが心に映ったりする。私って不思議だ。いつもなにかを感じているけど、それを強く感じたりもするけど、ペンを持つとサラサラ書けるから。それでもさみしかったりする。マァをさわっている時はよかったなぁ。時々、心が、頭がスッキリするように、カラッポカラッポと念じることもある。

〝ゆるせるようになる〟それには時を待つことも必要かもしれない。その当時はたとえ無意味に苦しめられたようでゆるせなかったことでも、時が可能性を持ったりもする。時がその事柄を違った見方、捉え方を教えてくれることもある。時が幸せを連れてきてくれることもある。

苦しみのかたわらに。

生きているとなにか息苦しくもある。しかし同時になにも生えてなかった土に草が芽を出しているのを見てうれしいと感じる自分がいる。木を見ていると木という存在は優しいと感じる自分。部屋にあるぬいぐるみや人形をうれしく思ったり、苦しみを想像しそういう耐えがたい壮絶な苦しみや痛みから楽になって、マヒでなくもっと素晴らしくなるなんらかの豊かさを望んだり、夜の深い青や宝石のように輝く月や星を見て、人の声からの温もりを感じて、目や耳からじゃなく心の光があったヘレンケラーが生きていたことを思い出して喜んでいるのも心があるから。物にだってなにかの思いがこもっている。物ばかり豊かになったと嘆く現代の先進国の人々。物だってなくて困るよりあったほうがいいと思うよ。

冷たいなにかから気づいて。

ふと、なんだあれは。自分を苦しめていたこと、そうだ、もっと困ればその存在も必要かもしれない。けれど、今はなくてもだいじょうぶ。そう感じ、思えれば自分はそのことで困らなくていいんだ。いくらか自分が強くなったような気がするかもしれない。あれに冷たくできる、でも自分は平気。それも自分の存在価値を高めると過ちのものさしで見ることができるかもしれない。やったぁ、自分が苦しんでいたようにイヤなアイツが苦しんだ、か滅びた。それも自分を喜ばせるかもしれない。しかし、心よ気づいて。たとえ物にせよそれは産業のためにせよ、人が思いをこめてつくってくれたのよ。想像して、まるきり独りで木を眺めるくらいしかできなくなったら、あんなイヤなヤツでもいたほうがいいと望めるかもしれない。

神父の言ったことでも、それはキレイごととかそれは違うじゃなく、希望として理想に近づくこととして心にとめておきたくもある。「神様はバチをあてない」そうなのだ。現代社会のある意味思い上がった人はこれがバチでもあり、バツだと思って加害者にもなれるかもしれない。罪は自分にもあるとしても、くらいに感じ、思ってるのかもしれない。

今の、または今まで続いてきたこの世は難しいのだ。自分達だけ幸せで、人の不幸の原因をつくっていると思われたり、美しいことを語ろうとしてもキレイごと、善い人を目指そう、心がけようとしてなにかあまりあてはまらない言動や行為をすると、善い人ぶっている。でも私は心にこうとめておきたい。心がけよく暮らして、生きていきたいと。ふと目が覚めて、起きて生きている時、これが生きるということで、幸せや人の温もりも感じたりもするが、地獄で生きているような気がすることもある。眠っている時は楽で天国にでもいるみたいだ。ああ、「眠りがある」ということは神様があたえてくれた安らぎだなぁ。

私は目が覚めている時はボーッと楽というのではない。心のどこかが痛いような気がする。中森明菜の『オフェリア』という歌で「痛みを感じる心は温かい」という詩のおかげでなぐさめられたりする。たいして飲みたくもない赤ワイン、グラスに一杯だけ、一度だけ飲んでみるかな。いっちょ試してみっかみたいな感じで。

アルコールが入ると大学の卒業パーティーの時のあの娘みたいに「記憶がとぶ」とか、カナダで出会った韓国の娘みたいに「階段からころがり落ちそうになる」とか聞いたことがあるから、アルコールにいくらか恐怖もある。飲みたくなくても家にあるワイン試してみようかな。一度だけでも。

自分がイヤになることがある。小学生の時の友人にしろお父ちゃんの親せきにしろ、ずいぶんひどい目に遭った。あんたのせいで、と感じたことをいつまでも憶えていると、かつてはあっただろう親しみまでどこかに行っちゃったような気がする。忘れないたちというのは辛かったりもするけど、どうせなら良いことも思い出せば。喚きたくないけど、黙ってられなかったりもする。なにか痛いと感じると、さらにまた同じような問題が起きないようにと心のどこかで願っているからほっとけず、しゃべりだすのだろうか。

私って木がほんとうに好きだなぁ。木を見ていると生きていてよかったとまで感じられる。木は優しいなぁ。ブサイクとも美人とも語らず、心安らぐ緑や枝でなぐさめられる。執念があるのも、同じ悲劇をくりかえしたくないという気持ちの裏返しか。もっと愛しさを胸に生きていきたい。

ワイングラスに一杯飲んだら、どうなるだろう、階段から落ちませんように。

私は青インクが好きだ。白いノートに黒で書いていると、白黒でまるで葬式みたい。青と白だと地球の海に白い雲みたい。

『シングル・アゲイン』は恐いけどいい歌だと思う。今は恐くて震えがきて聴く気がしないけど。中学の時のも高校の時の男の人も、今では実はどういう気持ちや感情が内在しているかわからない。キライとは感じていないだけいいかもしれない。

ぬいぐるみってふわふわやわらかくていいなぁ。男の人は女の人の体をやわらかいと思っているのかもしれない。時々、からっぽと念じたりもする。混沌がやってきてメチャメチャにグチャグチャになり苦しまないように、目の前にあることに集中できるように。精神面だけ見ていて生身の人を感じないと、男でも女でもよくなってくるのだ。でもテレビを観ていてよりトキメクのは生身の男が映っている時でしょう、私。だれだってそうかもしれないけど。テレビで女の敵は女、と言っていたけど、男の敵というか恨みは男にむかってく、というのが今度のヘッセ、ルカでようくわかった、というか感じている。でも異性でもあの人、キライってあると思うし、同性のいい友人がいるというのは望ましいことだろう。

アルコール入ったらいくらか違ったなにかが働くだろうか。でも私は酒飲みになりたいとは思わない。昔、お父ちゃんが酔っぱらっているのを醜いなぁと感じていたのも記憶にある。ワインは一杯だけさ。しらふの私のほうが安心してられるところもあるし、キリストが自分の血をワインにたとえたらしいから、一杯試してみたいだけさ。異性のイヤな人間なら同性のいい友人のほうがいいかもしれない。同性のほうが安心なところもあるのだ。だけど同性同士って厳しかったりもする。同じ異性をとりあうようなことになったらライバルだから。ネコの親子でもマリとマァみたいにライバル意識があったみたい、ということもあるけど。つまり、愛情がほしいのだ。愛情注いでもらっていると感じられ、思ううちが華よ。あんなのどっか行っちゃえ、となると惨めかもね。ほんとうはその人のこと、キライじゃなくても、その人の存在があると、愛情がすいとられて、自分への愛情はなくなってくると思うと、その存在がイヤになってくるのだ。愛情の花畑みたいに、いつか地球もなるんだろうか。今は憎しみのテロとか貧困無視ということもある。

整形じゃない美人だとしてもなにもしないわけではないのだ。ローションぬったり、クリームぬったりしてなにかしらつくっているのだ。そうしなかったら、年とったらシミシワの顔になる可能性だってある。美しくなるには、顔を整形している人もいるし、ローションぬったりしてつくっている人もいる。高校生だった頃をふりかえると「頭カラッポのほうが勉強はよくできる」。それはある意味、真理だ。高校生になってもはじめからあの文系順位だったから考えたりしてなく、頭がモヤモヤしてなかったらエリートコース続けられたかもしれない。地球の生物はだんだん進化していったりする。人間も進化して今より素晴らしくなれるといいね。だけど未来の人が今までの人より素晴らしくなれたとしても、それは先人の築いてきたなにかがあったからよ。だから先人への涙も忘れないで。

気持ちのはけ口。

こうしてノートに書くのも気持ちのはけ口にもなる。しかしノートは後で読めるからノートにも書きたくないようなことを二階の自分の部屋で喚（わめ）いているのかもしれない。ほんとうは喚きたくない、静かで穏やかでいたいとも願っている。毒はなにか膿を出して、辛い現実を知らせてくれたりもする。毒ばかりではイヤだが、甘い文句というのもこのなかなかうまくいかない今の世、気をつけないと甘い文句でワナにはまってしまうこともある。だからウソはよくないのだ。しかし傷つけたくないという気持ちは大切だ。その人やその対象のことをよく知りもしないのに、よくわかりもしないのに傷つけたくないという、踏みにじりたくないという心がけを心のどこかにおいとかないと、その対象を踏みにじり、そこから憎しみが生まれてくることもある。

気持ちのはけ口はおいしいもの食べたり、飲んだりも気分にとっていいし、人形を見てもかわいいなぁ、人形はうぬぼれてないからその形の持つ愛らしさに優しいと感じたり、人間が壊してしまおうとしてそうすれば、簡単に壊れてしまうモロさもある。人の心も複雑だ。意地の悪い現実を生きていると心がなにかモヤモヤしてくる。だけど、もういい気味という言葉は使いたくない。それは悪魔もいるような現実に負けてしまったことではないか。心がそうすっきり晴れやかでもなく、心がいつも温かくて気分がいいというのでもなくても、生きていること、この世にあること、またはどこからだかわからないことからでも温もりや感謝の気持ちを持っていたい。ほんとうは自分が向き合っている対象をほめて、それで気分が晴れるならだれでもそうしていたいのかもしれない。しかし対象に穴があるよ、その対象はもっと悪いことになると感じると、甘さよりも毒のほうがよくなってくるのだ。しかし、ほめるような、ほめてなにかを伸ばしていくみたいな明るい気持ちも忘れたくない。しかし、ほめるって難しくもある。お世辞だったりすると、ウソもあるからそんなほめ言葉受けつけたくない、という風にもなる。しかし、美しさを求める、美しくなっていきたいという希望は醜いと感じてしまう現実を今生きていたとしても、心のどこかにおいておきたい。

遠い日。
あの、たいしていいことなんてなかったような高校卒業してからの三年間、ふとあれがよかったという思い出もある。部屋でモーツァルト、チャイコフスキー、リストなどの曲をカセットでいつも流していた。そのカセット、あんまり何回もかけたから、すりきれたんだか音が変になった。二週間に一度くらい、近所のレストランに食べに行った。いつも一人だったけど。おいしかったし、オルゴールの曲や洋楽の歌がかかっていた。今は、長い時間かけてられないメガネをずっとかけられた時もあった。今聴いていると、恐ろしくてかえって病気になりそうな『シングル・アゲイン』を聴いて癒やされた。犬の散歩に夜でも行った。ああ、受験勉強はほんとうは見えてなかったかもしれないけど、生きていると、音楽を聴くとか、おいしいもの食べたり飲んだりできたりする。でも受験勉強だって身が入らなくてもやる気はあったから、机にむかう時間は何時間もあった。大学受験は高校受験よりのんきなところもあったかもしれない。


マリ。

マリ、家にいてくれてありがとう。菓子折りで家にもらわれてきたマリ、マァとシロを授けてくれた。シロはかわいそうに早死にだったけど、とってもかわいくて白くてキレイだった。シロとマァはとても仲がよかった。シロとマァに出会えたのもマリが産んでくれたから。

この家で一生を終えたマリ。私がマリみたいにこの家にいると、マリに敵わないところがある。それはこどもを産めないこと。シロはマァを守っているような気でおヒスになったマリにツメ出していた。

マリ。家に来たての子ネコの頃は弱虫で、一日おきくらいに外に行ってはきっと他のネコとでも会っていたのだろう、ギャアギャア言っていたね。だけど、マァとシロが生まれてからは良いお母さんで黒い犬と格闘して追い払ったし、中型犬だって庭のところへきたら追いかけていった。いつかのギャアではシロとマァは家に逃げこんで奥の部屋に行ったけどマリは残っていた。

マリ。いつかの日、私が裏のほうで喚いていたら、変な声出して家のお母ちゃんとお父ちゃんに知らせてくれたってね。心配してくれてありがとう、マリ。マリのことをあいつは「口がきけないからかわいいいんだね」ってケチつけてった。イヤなやつだね、マリ、そいつ。

マリ。私が大学生になって東京に住んでいる頃、私の部屋まで私をさがしにきてくれたってね。ありがとう、マリ。

マリ。私もマリに言葉通じないと思って、息子のマァのことでいくらかひどいことを言ってしまった。それだけでなく、私の目の前でマァにシャーとやったマリをゴツンとなぐったら、またシャー。それだけ元気があってよかったね。「マリはワガママだ、独占欲が強いんだ、性格ブスキャット、根性がまがってる、マァにひがんでるんだ、妬んでるんだ」そんな理屈言ったってしょうがないのにね、アホみたいだね、私。

マリ。ムスッと居間を通りすぎてマァと会うとシャー。マリ。私が一人で庭や畑ウロウロしていると寄ってきてだかれた、そこにマァが現れると、パッとだっこから下りちゃう。そんな理屈言ってないで、マァがいる時だってもっとかわいがってやればよかった。でもマァより長生きできたマリ。マリが死んだと聞いたら、八王子で四十五分くらい泣いていた私。

マリ。今は私と一緒に写真に映っている。

今までは、これらのノートに記す時、字を書くのが速かった。それはなにか吐き出すように、流れるように記した想いでもあった。しかし、文章を書くのは、算数のように必ずしもやり方が決まっていて、それにあてはめて解いていくわけではない。文はもっと想いをふくらませながら、想いを味わいながら記したっていいのだ。時にはのんびりと外の景色でも眺めながら。木が風に揺られながら、動いている。それを見て、心に感じて幸せだなぁと思ったり。この頃日常生活のささいなことから生きていることの幸せを感じたりする。物を通して人に感謝をしたり、ニュースを見て、聴いている時は心のどこかが緊張しているような心の傷を感じたりする。今の私は、一年前の私よりも健やかになっていると思う。寝つきもいいし。以前からしてみれば緊張という心の傷も癒えたかもしれない。緊張感なんてのは、私という人にとって状況により、環境により、というのもあるだろう。大学生活で最も鮮やかに思うのがカナダでの二ヶ月間。楽しかったな。家の庭に木がけっこうたくさんあるのはうれしいなぁ。西方に行けば、夕日が青い山に沈んでいくのを見るのは好きだ。

夕日が沈む。

夕日が沈んでいくと、山がいっそう青く見える。夜のためのライトが遠くからまぶしくやってくる。または遠くに建物があるのをわからせる。ユーミンの歌にあるようにあの親せき連中のこと、あいつらのことでも「どうしてできるだけ優しくしなかったのだろう、二度と会えなくなるなら」とあいつらの死がやってくる前にこのままよりもいつか自分から変化を生み出すだろうか？　テレビを観ながらあの化粧下地に違うファンデーションつけてみようかなとか、とりとめないこともたいしてドキッとしないテレビ番組の時など浮かんでくる。似たような一日のメニューで日が暮れるのもいいけど、時がきていい変化、もっといいこれからになるようにと行動を起こすのもいいかな。大学生活、一人暮らしだし、自分なりに重く感じることや、「それなりにまぁ大変だなぁ、東京での一人暮らしは。大学の寮だけど」なんてこともあったけど、大学生活送れてよかったなぁと思っている。活字に疲れるように感じたら算数の問題でも解きたくなって、もうニューコースの小五の算数が済んで、今、小六のをやっているところ。中学からは数学だ。写真でも二十歳過ぎてからも一緒に時を過ごした仲良かった写真の中のマァと目が合うとうれしいなぁ。生きていくと今までないものだったことがあるようになったり、できるようになったりすると、うれしいと感じられる。それまでは遠い時から感じていたことが、「ああ、こんなことあったら」と心のどこかで思っていたことが現実になったり、それが悲しさなら辛いけど、うれしいことや思いもしなかったことがあるようになると、人々は生きていてよかったと感じられ、思えるだろう。

私はネコに似ているところもある、それはもっと近寄ってみたいことでも、心の中のなにかがいなくなって遠くに行ってしまう怯えたネコのように、自分の心で怯えの虫がうずくと、「ああ、無理に今そんなことしなくていいや」とか、「今は、まだいいや。そのうちそういう時もやってくるかしら」なんて思ったりする。そういう怯え虫のネコはだれの心の中にでもあるかもしれない。

感謝の心。

きっと仏様や人でもこう言うだろう。感謝の心を忘れるとバチがあたるかもよ、と。そうなのだ。きっとそれは大切だろう。しかし、生きているとなんでうれしいのか、なんで悲しいのかわからないこともある。なんで辛いかすべてわかったらそんなに辛くないだろう。私だってなにかわかったようにノートに書いているけど、なんで殺人事件なんて人は起こしてしまうのか、人を殺したほうもぜんぶはわからないだろう。いてくれるとうれしい、それが感謝の心にもなる。クロが家に来てくれて、かわいいクロにえさと水をやって、クロの心と体と命が大切にできるとこっちもうれしいのだ。クロ、かわいく感じる。そう、感謝の心とはその存在をなにかうれしい、と感じられること。今の私は、時に自分の生を辛く感じる。クロ、かわいい。木を見るの好きだし、青い山も好き。私ってなにを見ているのだろう、どんな時自分の目が、心の目がキッとなるのか全部はわかってない。そう、わからないところがあるのが生きていく、ということだったりだ。

すべてが夢のようだ。いつの間にか海に沈んでいくように光がだんだん遠くなって、なにかが重く重くなっていき、泡のようにきりがなく出たものは、はかなくのぼっていく。こどものおどおどした心は、老婆の魔女の不可思議なほうきにどこがひっかかったんだか、見つけてほぐしている間もなく引っ張っていかれて、からまり、かげんがきつくなり、かわいそうだと魔女が用意してくれた雲の上からは、怖くて、どこからどうきたのかわからないうちに重なってく。景色はあざやかのようだけど悲しかったり、夢の中ではこんなに自分のように思っているなにかが不思議なほど喜ばしげだったりだ。すべてが浮いている。

だってこれを落とせば喜びになると思われそうなものは、浮いていてもなんの力もないようだったり、どんどん締めていくように悲しくおそろしく、苦しそうでも透明でつかみどころすらないようだったりだ。こんな人ならこんな夢を見るかもと、あざやかに思ったりすると、さみしさを気づかせる。過去に見た自分の心は、「あぁ、あの頃は」とそのまま浮かぶのがかえって悲しくなることもある。愛しさがなによりの思い出かもしれない。

自分が今、書きたいという気持ちになったのもなんだか不思議だ。私はなにか形を求めればそこに安心が生まれるとも思うが、形を求めればいくつもの形が胸を締めつけて、そのうち形がいくつもまわりからかたくぎゅうっと締めてきて、大切ななにかを壊していくのではないか、と思ったりする。なになにがあるのだろう、私はどこを見ているのだろう、それともなんらかの果てを見ていてもっと形を大切にするほうがいいのか。

責任のない愛情というのは、自分が生きているか死んでいるのかわからないような、けむりのように消えていくような時でさえも心のどこかに愛情はあるのだから、そういうのはないのかもしれない。

私は自分にも他人にもけむりのようにか、果てでも見て形が胸に生きないか、そういう時は胸が締めつけられると、ぶち壊れればという恐ろしいような、いいやかたく殺されそうならぶち壊れればいいなどと浮かんだりする。もっとさみしくぷつんとなれば、そこから愛しい大切ななにかの泉で、しかし果てしなくさみしいようでいて、もっとさみしくなればなんて望むのは変かもしれないが時々そう思う。

私はなにを望んでいるのだろう。私は自分が痛い時でも、そりゃあ同じように痛いと思うのは愛しさが湧き出るだろうが、他人はこんなに痛くなくてもいいだろう。または痛がらないほうがとか、痛いのがわかったら痛いのは減ればいいとか。いや、痛いというのが通じることは大切となにか壊れるというのが混じっているのに、痛くてもぷつんとなってしまうと、自分の心は生きているのか死んでいるのかと巡らせているのかそのままなのか。それともぷつんでなにか愛に気づくということもあるだろうし。

今日から大学の授業に出だした。なんだろう、カナダにいる時のほうがストレスが和らいでいたように感じるのは。まず、違いはカナダの学校に行くのにけっこうたっぷりの時間、バスに座っていた。森林ドライブみたいで、途中にしゃれた建物もあったし。八王子の大学は寮から近くていいけど、途中、車の車輪を見ていると、もしあれに踏まれたり巻き込まれたりしたら痛そうとか考えたり、カナダは窓を見ると美しい山や木が見えて静かだったのに、ここでは車の通る音が聞こえたり。ホームステイの家ではテレビの音や音楽は聴こえたけど英語だし。カナダのホームステイの家では、朝と夕は美しい青い海や木が眺められたのに、ここ105では林が見えるけど壮大な眺めというのではない。それに、八王子でも荷物をどかせばなれるけど、カナダではベッドにすぐゴロンとなれた。カナダでは鳥の鳴き声やネコやうさぎに触れたけど、八王子の部屋では私一人。日本語のほうがスッと頭に入ってくるところもあるし、楽だけど、キツイ、ドラマなどの場面もそれだけ伝わりやすい。日本にいるほうが、どことなく緊張感があるような気がするけど、英語を話していると「あ、今、Sをつけなかった」とか考えたりもする。こんなことを記して気にとまることを見ると、私は自然人（児）だなぁ。人間にとって、美しいと感じることや、自然の恵みにふれることは大切だなぁ。でも、人間は一つの自然で、その人間のつくったものやことも自然だろう。中国語がニイハオとシェシェくらいしかわからないのと、英語を話すところへ行って、私がいじけるようなささやきの知識汚染が、カナダで二ヶ月暮らして英語を話していたことで、洗浄されたところもきっとあったと思う。

カナダでのこと……、なんだか不思議な気がする。どこか扉を一枚開くと、またあのホームステイの家の人、あの家など出てくる気がする。ホースロンでの友達、デジカメで写真を撮っている人達が何人もいたし、距離的には離れてしまってもまだ思いの中で友達のように存在している。カナダの美しい風景を八王子で窓から外を見た時、バスに乗っている時など、心の瞳は思い出し、見ている。今の私は〝みぃこ〟という存在というか、絵本、強みともとれるその絵本のおかげで、私がいつか〝みぃこ〟などで世に出ていった時に、あのホースロンの友達に会いたいと思えば会えるかもしれないという希望も持てる。

ジャックのかわいらしい黒色、まるで影みたいにとれるその存在は、ここで竹内まりやの『シングル・アゲイン』のことを登場させるけど、「あなたを連れ去る、あのひとの影に〜」という言葉。まるであの人の影が大きくて恐くて、なんだか魅力があってみたいにもとれるけど、かわいらしい小さめのネコ、ジャックの存在にさえ影はあるのよ。それにあの歌の「離れてしまえば……」というのは、その真実の意味は、距離がとかまたすぐ会えないとかそういうのではなく、気持ちが、心が離れてしまえばというのが真実であろう。たとえ近くに住んでいても気持ちが離れてしまっているということの場合は、さらに時間の問題があると、その人のほうに気持ちが愛着しないということもありうる。だれか、もっとかわいそうな痛ましい愛しい存在が、あんな人のせいでかわいそうな目に遭ったとか。そういう意味で、あのひとの影に怯えて暮らした日々はもう遠いという詞には真実があるのだ。でも『シングル・アゲイン』を聴いたら、『告白』も聴いたほうがいいし、「長い月日飛び越えて」という詩もあるのが希望になる。

でも距離が離れてしまえばというのもまるっきり除外できない。私が日本じゃなく、カナダに移住したらどうだろうか。そしたら今の不安な日本、また麻原彰晃のようなのが日本をメチャクチャに不幸にしてしまうかもしれないという不安もある。まあ、いろいろ思いを巡らすのもいいこともあろうが、あまり自分を疲れさせないようにね。

なんだか、カナダにいる時は眠る前に長いお祈りをする気力と体力があったのに、日本では寝る前は疲れて、心を込めてはいるけど、短いお祈りしかできない。なのでカーテンをしめたらすぐお祈りをしよう。モンゴメリの心の痛み、緊張感や一人で抱えこむには辛い心の痛みなど、今の私もそうであろうところがある。でも今の私はそのまま過労死せず、生きているだろう。イラク戦争のことでも胸が痛むし、日本でも悲しいニュースがながれている。私はいろんな宗教に興味、関心がある。宗教学の神父さんが「宗教心のない人間は堕ちていきます」と言っていたし、それに宗教対立の話をある人にしたら、「一つの宗教ならいいのだけど」と言っていたし、その宗教学の神父さんが「神は善の根源、人間は諸悪の根源」と言っていたよとある人に言ったら「自分のほうが上かよ」。そう指摘があるのもわかる。だって小さな、ふりかえられもしない存在だからこそ、抱えている痛みというのもあるだろうし。イスラム教のこと、そんなふうによくないと言うのもどうかと思う。だってそれだけ人の気持ちを惹きつけるということは、きっとなにかいいところもあるんだろうし、それに仏教の因果応報のようなこと。それが罰になる場合もあるし、人間の念や、畏敬するなにかにはありそうだし、キリスト教以外にも私は興味、関心がある。

優しさを求める不思議なこと。

まり花は自分の部屋の置き時計を見た。かわいい絵が描いてある。彼女はかわいいイラストが好きだ。ノートにカラフルな絵を自分で描いたりした。彼女はかわいいイラスト、たとえば鳥やネコなどを面白い目つきで描くのも好きだった。

まり花は月を見るのも好きだった。月は見せる形をかえ、神秘的な感じがする。彼女は月に照らされた彼女の家の庭を見た。緑色の自然は闇につつまれ黒に近い色に見える。その中でも色の存在を示すピンク色やクリーム色のバラ達。彼女は部屋から庭を見た。「まるで深い海の底に沈んでいくような景色はこんなものかしら」と思った。彼女の胸には人間が心や知を伝える言葉、なにかを伝えるのに便利な言葉のとげがささっていた。彼女はイエス様は人はパンによってだけ生きるわけではなく言葉というものが……と話した言葉を思い出した。言葉は人を生かせるかもしれないけど使い方によっては人を殺せるのではないか。

まり花の心にだれかがささやいた。

「あなたはかわいそうな人がいるのをどう思いますか。かわいそうな人は弱くて愛らしい様子をしている者だけがかわいそうなんでしょうか。憎しみと妬みで捨て鉢になっている人はかわいそうではないのでしょうか。人から妬みが憎しみにかわって憎まれている人、またはだれかを妬みが憎しみにかわって憎んでいる人をどう思いますか。でも妬みはなぜ神様がそういう気持ちをつくったかというと、もっと大切にしたい、よくなりたいという根から、憎しみは弱い様子なら踏みつぶしてく悪と戦わなければならない。そして踏みにじられた悔しさという根だと思ったりしますか。幸せだと思って笑ってられる一方で恵まれなかっただけだと諦めていった人達の心の傷をどう思いますか。幸せの判断の基準を自分の満足度だけで測っていませんか。だれかがあなたを幸せな人だとうらやんでいるかもしれないのに自分のうけた傷だけですべてを恨んだことはありますか。人は楽しければ幸せなんでしょうか。人は明るさの中だけで優しくなれるのだと思いますか。そもそも〝明るい〟ってどういうことだと思いますか。傷ついたことがない人がいるとほんとうに思いますか。人は自分以外の人の幸せをほんとうに祝福できるものだと思いますか。自分と敵対するような人が幸せだと妬みから憎しみにかわっていくのは愚かだと思いますか。同じ人間なのになぜあの人ばかりがと思ったことはありますか。人間は文化や文明の進歩はあっても根源的にはいつまでも愚かだと傷ついたりしませんか。自分に満足してれば人に余計な手出しをせず、みんな幸せになれると思いますか。自分の不足していることだけを考えずに、もっと苦しんでる、または苦しみを味わった人への涙を忘れていませんか。自殺して楽になりたいと思ったことはありますか。自殺者は短気で弱いだけだと軽べつされるだけでしょうか。自殺者は彼らなりの痛さの重みを味わったのに、この世を捨てていったと非難されるだけですか。自殺者の中には自分の心が妬みから憎しみにかわって、その罪悪感に耐えきれず、死を選んで楽になりたかった痛みをどう思いますか。神を信じられないという人の、心の傷をどう思いますか。神を信じられなくなったことがあっても、やはり神を信じるべきだと思いますか。神を畏れ、罰を恐れる心はありますか。ただこうやって今、生きていられるだけでもありがたいと思ったことはありますか。生きてられるのも食べ物をつくってくれる人達みんなのおかげだと人に感謝したりしますか。たった一人が犠牲になるのと、多くの人が犠牲になるのとではほんとうに重みや痛みは違うと思いますか。たった一人でも、だれかにとってたった一人しかいない人であるとわかっていますか。霊魂は不滅で生まれかわりがあるとしても、やっぱりたった一度の人生だと大切にできますか。あなたにとっての幸せはだれかにとっての幸せと感じ方見方が違うかもしれないけど、自分の持っている幸せに気づこうとしていますか。悲しんだり苦しんだりイヤな思いをするなんてばかげていると思いますか。心の痛みは人を美化させてくれると思いますか。どんなにひとりよがりで悪に思える人の心の中にも報われなかった良心があると、人を信じる優しさを失わないことが大切だと思えますか。厳しく反省を求めるだけよりも、報われなかった善い心を汲んでやることが心を救うと気づいてあげられますか」

まり花はいくらかびっくりした。もう一時に滝のように流れてくる声を聞くのに休みがほしかった。でも彼女はこのささやきがうれしかった。彼女の心はとげのように刺さるだけで、そこでなにか壊してしまうだけの思いやりのない言葉を憎んだりした。そして悲しみを味わった彼女だった。

まり花はスケッチブックをひろげた。その問いかけをする霊に姿を持たせたかった。髪の毛は何色にしようかな。それは読者の想像による好みだろう。服は紺色。レースがいくらかついていて、しかしふんわりしてはいなく、体に巻きつくようである。男か女かわからないようにしよう。ドレスっぽい服。背景には月と太陽の両方を描いた。

まり花は台所に行ってコーヒーを飲んだ。彼女はインスタントでも自分の口に合う溶けやすいコーヒーであれば、別のにかえようとしない。彼女はコーヒーを飲むのはあくびがとまらない時、体がだるい時などだ。まり花は夜や夕方近くではコーヒーはあまり飲もうとしなかった。だんだんと日が暮れていく。西のほうの青い山に夕日が近づいていく。雲がなんとも言えない美しい色彩をはなっている、オレンジ色、白、黒っぽい灰色。彼女は夕日を見るのが好きだった。やがて日は沈んでいく。彼女は自分の部屋にもどった。彼女はこの前の霊感の言葉をノートにとっていた。彼女は素直な人だった。彼女は、はい、いいえだけだとしても、その声による自分の答えを書きたかった。

「あなたはかわいそうな人がいるのをどう思いますか」

それは恵まれなかったり、または心が傷ついていたり、怒りのやり場がない人がいるでしょう。

「かわいそうな人は弱くて愛らしい様子をしている者だけがかわいそうなんでしょうか」

心がおごっていて、弱りながらも不運と闘ってなんとかしようとしている人をただ、〝かわいそう〟と思う人もある意味かわいそうなんでしょう。

「憎しみと妬みで捨て鉢になっている人はかわいそうではないのでしょうか」

それは、捨て鉢になり、矛先を向けられた他者が、傷を受けたとしたら憎むかもしれないから、捨て鉢になり傷つけたほうはかわいそうとさえ思われないかもしれないから、ある意味でかわいそうなんでしょう。

「人から妬みが憎しみにかわって憎まれている人、またはだれかを妬みが憎しみにかわって憎んでる人をどう思いますか」

妬みが憎しみにかわるというのは、心のどこかでその妬んでる対象が正当ではないと不満を持っているからでしょう。妬みが憎しみにかわると、でもそういう気持ちを持ったほうは自己を軽べつし、どこかでまたはいつかは傷つくでしょう。妬みなど感ぜず、憎しみだけの時のほうが楽かもしれません。憎しみは、なにかを軽べつし、より高いところへもっていこうという気持ちがどこかにあるはずです。しかし妬みは、自己にひがみを持たせます。

「でもなぜ神様がそういう気持ちをつくったかというと、妬みは〝もっと大切にしたい、よくなりたい〟という根から、憎しみは〝弱い様子なら踏みつぶしていく悪と戦わなければならない、そして踏みにじられた悔しさ〟という根だと思ったりしますか」

妬みや憎しみなんてキレイな印象ではないけど、痛みを感ずる心がどこかにあるのでしょう。優しさ、思いやり、恵みをわける、これらがなにか解決してくれるかもしれない。妬みや憎しみを根絶してしまうことより、なぜと考えることのほうが大切かもしれません。でも、妬んだり、憎んだりは愚かな方向へむかったりします。

「幸せだと思って笑ってられる一方で、恵まれなかっただけだと諦めていった人達の心の傷をどう思いますか」

幸せだと思って笑ってられるとしたら、だれだれより私は幸せなんだとくだらない比較をして思い上がるよりも、自分または自分達だけの幸せになってないか反省したりすることが大切だと思います。恵まれなかっただけだと諦めていった人達の心の傷は、なにか恨んだり憎んだりする対象があるよりも、いっそう深い孤独の傷を感じるかもしれません。しかし、だからと言ってなにか恨んだり憎んだりする対象を見つけろとは言えません。すべてが同じように恵まれるというのはとても難しいことです。もしその恵みを、恵まれている人がわけてあげられるとしたら、全体的にもっと明るいものになるでしょう。

「幸せの判断の基準を自分の満足度だけで測っていませんか」

我々はどうしてもそうなりがちです。しかし、悲しいことや辛いこと、イヤなこと苦しいことがあったとしても、それを浄化させ良いほうにむけてくことはできるでしょう。あの時の不満が、今の満足や明るいことに役立っていると思える日はくるでしょう。悲しいのは、自分も、他も大切にできず加害にむかうことがあるということです。そうしたら、もう取り返しがつきません。どうしてかというといつか自分の気持ちに納得できたとしても、被害者にとり返しのつかないことをしたといつかは気づく時がくるだろうからです。

「だれかがあなたを幸せな人だとうらやんでいるかもしれないのに、自分の受けた傷だけですべてを恨んだことはありますか」

それは、食い違いがあると思います。人は、だれだれは何々ができるから、見た目がいいから、何々を持っているからという外側からの見方しかしなかったりもします。そういうのも幸せのある真理かもしれないけど、たとえば愛するなにかを失ってしまったかのような心の傷がすべてを暗闇につつむこともあります。私の場合はどこまでがこどもなのか、どこからが大人なのかその境界線をほんとうにつけるのは難しいだろうけど、失ってしまったこども時代でした。そして大人になっていく途中、大人の汚さが目につき、大人になる不安を感じました。

「人は楽しければ幸せなんでしょうか」

ああ、私は楽しいということに何度、過去は持っていたのに今はないとか、あの頃はよかったとか、楽しい思いを味わっている人をうらやましいと思ったことでしょう。それどころか楽しいを通り越して、もう楽になりたいとさえ思いました。だけれど、ダメージに対しての苦しみもなければ、ほんとうに明るくしていこうとも守っていこうとも思わないでしょう。

「人は明るさの中だけで優しくなれるのだと思いますか」

もしその明るさが辛さを理解しようともしなかったり、利己的で自己中心的だったりしたら、全体的には明るくならないでしょう。なにかが壊れていったり、なにか恐ろしいことがおそいかかったりするのも〝明るければいい〟という断片的な見方になにか関係あるかもしれません。

「そもそも〝明るい〟ってどういうことだと思いますか」

それは、光や美しさ、優しさ、希望などの調和のとれたあらわれであったりもするでしょう。でも昼が夜になるように暗さも避けられないのかもしれません。

「傷ついたことがない人がいるとほんとうに思いますか」

笑っていても傷ついている気持ちを隠したかったからとか、傷ついてもしょうがないと傷つくことにすら諦めという傷でやめていることもあると思います。

「人は自分以外の人の幸せをほんとうに祝福できるものだと思いますか」

自分以外の人ばかりが幸せになるのは許せないと思っているような人でも、もし、自分のせいでだれかの幸せが壊れてしまったとしたら心のどこかで良心は痛んでいるはずだと信じています。自分は不運や不幸におそわれたとしても、愛する人だれかだけはいつまでも幸せでいてねと思えたとしたら、その気持ちはとても崇高で尊いものだと思います。

「自分と敵対するような人が幸せだと、妬みが憎しみにかわっていくのは愚かだと思いますか」

愚かかもしれないけれど、それよりどうして敵になってしまったか考えるべきだと思います。でもそうしても愚かな答えが出るかもしれない。たとえば利害の衝突によるもので一方が利を得たいばっかりがためにとか、敵、味方を簡単に決めてしまうこととか。

「同じ人間なのになぜあの人ばかりが、と思ったことはありますか」

幸せを一人占めしているような人を見たら、それを痛いと感じるかどうかはともかく、だれでもそういったうらやみの目で見るかもしれません。しかし、同じ人間なのになぜあの人ばかりがと思ってだれかが悲鳴を上げているかもしれないし、そうだとしたら、耳を貸すべきでしょうし、なぜそういう悲しい羨望でかたまってしまったのか話すことが、心のふれ合いが必要だと思います。妬みから憎しみにかわる前に。とり返しのつかないことになる前に。

「他人が悲運におそわれた時、心は痛みませんか」

他人が悲運におそわれた時の心の痛みは、みんな幸せになりますようにと願ったり、神様、どうか我々をお見捨てにならないでくださいと祈ったりします。

「人間は文化や文明の進歩はあっても根源的にはいつまでも愚かだと傷ついたりしませんか」

傷ついたりします。第二次世界大戦のようにますます大きく、ますます広がり、武器もおおがかり、戦争ということでアンネやジャンヌダルクも心を痛めるだけでなく死んでいったことを思い出します。

「自分に満足してれば、人に余計な手出しをせず、みんな幸せになれると思いますか」

自分を中心に満足してれば、人のことを気にするのは愚かだというふうに、それは思い上がりになる場合もあります。そんな自己中心的な考えが多くなったらみんなの幸せというふうにはならないでしょう。だけど、中にはそっとしておいてもらいたいと思っている人もいると思います。中には、そっとしておいてもらいたいところはあっても、さみしくてしょうがない人もいるでしょう。やたらと人の傷にふれるだけで思いやりで手当てをしてやらなかったりすると、ほうっておいてもらったほうがましなんてことになるかもしれない。

「自分の不足していることだけを考えずにもっと苦しんでいる、または苦しみを味わった人への涙を忘れていませんか」

私自身が〝もっと苦しんだ〟かもしれないのに、あなたは恵まれているからわからないというようなことを言われて、余計悔しかったこともあります。

まり花はここでノートを閉じた。厳しいけど思いやりのある知の質問に答えるのはうれしかった。けど、まり花だってなにか他のことを……と思ったりする。

彼女は庭を見た。緑の中に美しいバラが咲いている。彼女は以前に見た月の光の中でのバラの透き通るような美しさを思い出した。夕日を見るのはあきなかった。毎日、違う夕日の風景が見られる。夕日を見られない日もあるけれど。彼女はぬいぐるみが好きだった。

彼女の部屋においてあるのは、ペンギン、ネコ、うさぎ、ライオン、ふくろう、くま、などのぬいぐるみだ。ライオンは小さくて手でつつめるほどの大きさのもの。うさぎは、えさのにんじんを持っているうさぎ。ネコはその中に手をいれてあそべるもの。ペンギンはでんと存在感のある大きいものから、小さめのものまで、けっこういろいろな大きさのものがあった。人形の置物もあった。木でできているこけしや、落とせば割れてしまうものなどあった。雪ダルマのぬいぐるみもあった。彼女は、机の上のひきだしつきのいれものにかわいいシールをはった。小さかった頃、そのカップのアイスをたべ、カップを集めたこともある。いまだに好きなものもあった。

夕方は、いつも母と夕飯の準備をするけど母が出かけているのでメニューはカレーだし、彼女一人でつくりはじめた。たまねぎの皮をむいた。皮だけむこうとしてもうまくいかなかったので、はたっこをほうちょうで切り、むきやすくした。三ミリくらいの幅で刻んでいく。出来上がったのはまるで三日月みたいな形だった。じゃがいもはナイフで皮をむいた。ぼこぼこしている形のものはむきづらい。カレーには大きめのじゃがいもを使う。芽があればくりぬく。大きめの形に仕上がるようむいたじゃがいもを刻んでいく。にんじんは三角形なので、細いところは丸く、太いところは半円になるよう刻んでいく。肉は豚だった。あまり大きめの形より、口に入れやすいほうがいいので、大きすぎれば角切り肉をさらに小さく刻む。彼女は鍋にダイエット油をひき加熱した。たまねぎはいつもよくいためる、茶色っぽくなるくらいまで。そしてじゃがいも、にんじん、肉を入れいためた。ざっといためてボールに水をため、鍋に入れた。そしてしばらく煮込んだ。カレーはまり花の得意料理なのでカレーは簡単だと思っていた。

まり花は、しばらく時間ができたのでひまつぶしのゲームをした。キャラクターが動きまわって、敵をやっつけながらプレゼントのハートをあつめるゲームだった。カレーは二十五分くらい煮込む。量にもよるけど。

テレビのニュースをつけた。彼女は、いいニュースはほとんどないなと思いながら、しばらく観て、スイッチを切った。カレーのじゃがいもが煮えたかもしれないので、つついて確かめにいった。もう煮えていた。カレーのルーを味見しながら二種類入れ、よくかきまぜて、火をとめた。あと、きゅうりとトマトは母が帰ってきたので母が用意してくれた。まり花はカレーが好物なので、その日の夕飯もうれしかった。

その後、テレビをつけた。バラエティーなどを観た。しかし、なぜ、お笑い芸人をまるでいじめるみたいな形で酷なことをやらせて、みんなでよろこんで観ているのだろう。もし、あんなようなこと学校でだれかに強いたらいじめになるんじゃないかと、いくらか苦い思いで観た。

まり花は夜の八時半頃自分の部屋に行き、自分で描いた絵を見た。

一ページ目には、青の色鉛筆で優しそうな美しい女の人が目を閉じて微笑を浮かべ、そのとなりに森が描かれていた。まり花は自然色からとった色鉛筆集を持っていた。その森は寒色の色だった。色にはいろいろな名前がついている。まり花は色の名前と説明が書いてある紙を見た。もえぎいろ（春の到来を告げる新緑の色。萌木は平安時代から使われた色で、木が萌え出ずるところから呼ばれた　TOMBOW IROJITEN Pale tone より）まり花は、このすてきな色達をあつめたこの色鉛筆をつくってくれた人達に感謝した。

二ページ目には蛍光ペンで輪郭を描いた黄色のにっこり笑っている月、まつげのついた魚、ピンク色の貝、巻き貝、波だつ海、砂浜などが描かれていた。まつげのついた魚は口もとにっこり、水滴にかこまれていた。

三ページ目は、夕日が海に沈んでいく絵だった。オレンジ色をした赤い色を放つ夕日がにっこり笑いながら雲を染め、まり花の知っている、おぼえている名前の色で近い色の名を言えば、その雲はうすだいだい、紫色、白の色の線が描かれていた。海の色は赤やオレンジ黄色、青など、太陽と海の色で描かれていた。

四ページ目には蛍光ペンのピンク色で大きくハートが描かれていた。しかし、中はぬりつぶしてなかった。ピンクの色鉛筆でフワフワした花が描かれていて、中心は黄色の丸で描かれ、茎と葉っぱがついた同じような花がそのスケッチブック一ページ分に多数描かれていた。黄色い星も一面に描いてあり、青い線が丸くひいてあった。まり花はここまでまじまじと、かつて自分の描いた絵を見、あとのページの絵はパラパラと見た。

　また、あの問いの答えをノートに記していった。

「自殺して楽になりたいと思ったことはありますか」

ありますけど、生きて、楽（ラク）と楽しいというのは同じ漢字ですし、生きて、楽しいことや生きがいをみつけたいと思っています。

「自殺者は短気で弱いだけだと軽べつされるだけでしょうか」

　もっと時を待てば、その苦しんでいる事柄になにかいい方法が見つかったり、希望が見つかったりしたかもと、気の毒です。自殺者は弱いとか言われたりするけど、ある真理をその言葉はついているかもしれないけど、本気で生きていること自体からもう楽になりたいという苦しみを味わったことのない人に、人間の持つ弱さなんてわからないかもしれない。

まり花は、また自分の描いた絵を見た。そこには鮮やかだけど、小さくかわいらしいかれんな花が輝く透き通る青いガラスの花瓶の中に入っている。窓からは夜の月が輝いて、青い夜が描かれていた。その次のページはチューリップが描かれていた。赤っぽいのとピンク色の大きなチューリップの中に銀色と金色のチューリップの花が描かれていた。植物、といえば水というように、水たまりや水滴の大きいのがそこに描かれていた。

まり花はダイエット中だった。大食いして太ったわけではない。ストレス太りかもしれない。あるダイエットの本に夜は軽く食べたほうがいいと書いてあったので、夜のメニューを昼にもってきている。肉より魚のほうがダイエットにいいらしい。だから週二日肉であとの五日間は魚にした。まり花は魚を煮たり焼いたりできた。まり花はさばの塩焼きが好きだった。みそ煮も好きだけど、焼魚用のさばが好きだった。もう死んだ彼女の母方のおばあさんが「人間に食べてもらったのは出世したんだ」と言っていた。まり花は思った、そう考えたほうが罪悪感もないしね、と。さばを焼いてポテトサラダをつくった。じゃがいもをゆで、つぶし、マヨネーズをまぜる。マヨネーズはなるべくカロリーのないものがよかった。きゅうりも入れる。ポテトサラダは彼女の好物だった。

彼女は、昼食後テレビを観て、彼女の部屋で読書をする。夕方になりそして月が輝く夜になった。あの霊の問いかけというか、ささやきに自分の返事でいいのだろうか。彼女はその言葉がとってあるノートを思い出した。はい、いいえだけの答えのほうが楽かもしれないけれど、彼女は自分の答えを記したかった。しかし、また迷いが出た。その返事を何分くらい何時間、何年くらい考えればいいのだろう。でも今、彼女のペンを持つ手がどう話すか、すぐわかりたくなった。彼女は、またあのノートの質問に答えようとつとめた。対人関係というより彼女の心の返事はどうだろう、と彼女は思った。対人関係なら、ヘンなことを言えばすぐなにか照りかえってくるかもしれない、という用心も彼女の心にはあった。

「自殺者は彼らなりの痛さの重みを味わったのに、この世を捨てていったと非難されるだけですか」

非難されるべきだけではないと思います。残されたほうは悔しいからそうするのかもしれないけど、自分なんか生きていてもしょうがないと傷ついていたと思います。あるいは自殺者個人だけよりその人をかこむ周りや社会になにか問題がある、ということもあると思います。だからと言ってすべて〝世の中が悪いからこうするんだ〟と捨て鉢になってはいけないと思いますけど、人間どこまで耐えられるのかそれはその人になってみないとわからないかもしれません。

「自殺者の中には自分の心が妬みから憎しみにかわって、その罪悪感に耐えきれず、死を選んで楽になりたかった人がいると思いますが、その痛みをどう思いますか」

中にはそういう人もいるかもと思います。妬みから憎しみにかわるという汚れの前にキレイなままで死にたかったのかもと思うと胸が痛みます。でも生きていれば妬みや憎しみがもっと浄化されたり、楽になったりしたかもしれないのに、死んでいっても無念だと痛ましいです。

「神を信じられないという人の心の傷をどう思いますか」

神を信じられなくなったりしたのは、自分が悪気があったり悪意があったわけではないのに、突然不幸におそわれたり、神様との約束というより、引き換え条件で守ってくれるという打算めいて神がみえる時、信じられなくなったりするのでしょう。

「神を信じられなくなったことがあっても、やはり神を信じるべきだと思いますか」

神様のことを考えないと、というより神様の怒りを買うのが恐ろしいと思ったりします。

神的存在はどこかにあるように思います。

「神を畏れ、罰を恐れる心はありますか」

あります。

「ただこうやって今、生きていられるだけでもありがたいと思ったことはありますか」

あります。

「生きていられるのも食べ物をつくってくれる人達みんなのおかげだと人に感謝したりしますか」

します。

「たった一人が犠牲になるのと多くの人が犠牲になるのとではほんとうに重みや痛みは違うと思いますか」

たった一人の人でも、それはだれかにとってたった一人しかいない人だったりするのです。多くの人が犠牲になるのだとしたら、それはそれで大変なことでしょう。

「たった一人でもだれかにとってたった一人しかいない人であるとわかっていますか」

わかっています。

「霊魂は不滅で生まれかわりがあるとしても、やっぱりたった一度の人生だと大切にできますか」

今のところ、できます。神様どうか私をお守りください。私もみんなの幸せのためにつくします。

「あなたにとっての幸せはだれかにとっての幸せと、感じ方や見方が違うかもしれないけど、自分の持っている幸せに気づこうとしていますか」

今は、自分の幸せに気づこうとすることも大切なことだと思います。かつてはかわいそうな人を見ると自分がうぬぼれるような気がして、そういった汚れを嫌悪したこともあります。

「悲しんだり苦しんだりイヤな思いをするなんてばかげていると思いますか」

そういったことをばかげていると思って傷ついたこともあります。しかしばかげているだけで済ましてはなんの慰めにも解決にもならないかもしれません。

「心の痛みは人を美化させてくれると思いますか」

痛いと感じることによって、かえって人はずるくなったりするかもしれないけれど、なぜそう心が痛むのか、大切にしていこうとすることで美化にむかっていくと思います。

「どんなにひとりよがりで悪に思える人の心の中にも報われなかった良心があると、人を信じる優しさを失わないことが大切だと思えますか」

信じるのは愚かだと思って疑うことばかりが賢いはずはないと思います。だれかに信じられていると思うことがその人が良いほうに向かうための励みになったり、強くなったりということもあると思います。

「厳しく反省を求めるだけよりも、報われなかった善い心を汲んでやることが心を救うと気づいてあげられますか」

報われなかった善い心を汲んでやらないと、人によってはなおさらやけになると思います。

まり花は思った。正しい答えを探していくのはけっこう大変なことであると。しかし正しいということに彼女はひかれる。道徳的に正しい人に彼女はなりたかった。

私には悟りということはよくわからない。いや、むしろ悟りということになんらかの恐怖も感じている。生きていれば、小さなことでも気にかけなければならないこともあるし、なにが小さくて、大きなことか判断がそうできなかったりすることもあるからだ。この頃、悲惨なこと、残酷な出来事のことを聞いたりすると、〝この頃〟と書いたけどこれから書くみたいに思いはじめたのはいつ頃からか、心は見えるものでもないけどこう思う。なにかひどいことでもしているその人に真の意での安らぎがあれば、好きで悪いことはしないようにも思う。この安らぎというのが簡単なようで、実は難しかったりする。人から見ればあの人は形あるいろいろな幸せがあるように見えて、そう思われている。しかし、心は形あるようでない、形ないようでなにか形になったりもするから心満たされなかったりする。他の人から見れば、そんなもの、そんなこと、と感じてしまうことでも、その人がそのことに心の潤いを感じられれば幸せで悪いことはしなくてすむということもある。物だってないよりあるほうがいいけど、自然の雄大さ、美しさを感じられれば、心が癒されるということもある。心がささくれだっていたり、踏みにじられたりしたように感じたり、そのことに愛しさ、幸せを感じる心の余裕がない時が恐いのだ。

私にはキリストの「神よ、この人達は自分がなにをしているのかわかってないのです」という最期の言葉が忘れられない。

人間はひどさも持っているけど、ある感じを受けて、その後その人がどういう行動をとったかはいろいろ非難もできるだろうが、最初に受けた〝痛い〟という感じは間違ってない、という思いも今の私は持っている。痛みを感じるのは大切と言うのは簡単だけど、痛みをどうしたらいいのか、人間は個人であるから、難しいだろうから。

強い、と思われることは必ずしもいい印象ばかりではないのだ。弱さに苦しむ、なにかに押しつぶされるような痛み、苦しみ、強い人なら、わからないかもしれない、ということもあるから。

私の昔のノートを見ると「死んだらシロちゃんに会えなくなる」なんて記してあった。ほんとうはなんでもいいのかもしれない、繋ぎとめるなにかがあれば、この世という存在に。あの世なんてわからないけど。

イソップ・アンデルセン童話を読んで学んだこと。
気に入るかどうかだけで評価をしていると、毎日、自分のために歌を歌って働いてくれる存在まで大切にできず、ばかにされ悲しくなり、その尊い存在も離れていく不安を感じる。それよりもっとどんどん上をめざそうという考えが、大切にするという基本的な心を失っていくのは悲しいこと。でも、寿命というか故障で機械の鳥が歌わなくなって王様の病気が重くなった時に、あのナイチンゲールが飛んできたのは、王様のあの時の感謝の言葉を忘れないナイチンゲールの優しさだと思う。

きょろきょろと、きょときょとって、ちょっとでも似ていると思った。困っているとなにか探そう、自分に必要なものを探そうという気になるのかと思う。水が自分のくちばしに届かなくて困ってるからすが、頭を使って工夫して自分に飲めるようにするのは、頭を使ったり、工夫することの大切さを感じ思う。

ライオンとねずみという強い立場の者と弱い立場の者の話。ライオンがねずみをおこって、でもそんなのと、弱っている者を踏みにじらず大切にしてやり、それがライオンが困っている時に、それ一匹では弱いねずみがたくさんあつまり、ライオンのあみのわなをやぶってやるという、心あたたまる話だ。

貧しい人にあって、お金を惜しみなくあげた兵隊は、いい人だけど、のんきで、自分の身を立てるためにはもっと、物事の先を考えたり、計画性を持ったり、計算しながらじゃないと、〝お金〟というある意味でいやらしいものはなくなってしまうという恐れを感じた。

怯える心があったり、かわいそうだからなんとかしてあげたかった優しいひなぎくは、ひばりの必要だった水じゃなくて、優しい香りしか贈れなかったけど、真心はあった。その時、相手の必要なものを与えられない、だれもが持つ無力感の辛さもこのひなぎくに象徴されているけれど、人間のエゴで鳥かごに入れられたひばりは、その人間に悲しんでもらえるけれど、はかない小さな存在だったひなぎくの悲しい最期に胸が痛む。もっとすべての人が優しい気持ちで優しい心がけの小さな存在を大切にしていくようなら、この世の中もっと明るくあたたかなものになると思う。なにができたとか結果ばかり大切に大事にしていくより、全体としては、すべての人に持ってもらいたいのは思いやりを持って、なにもできないかもしれないけど、思うとおりにはいかなくても優しい気持ちを持つことや、その心がけを大切にしてやれば、心がけがよくても、ろくな結果にならないさなんて絶望して、なお、世の中が冷たくなっていくことも防げるのではないだろうか。

郵便はがき

料金受取人払郵便

新宿局承認

3971

差出有効期間
2022年7月
31日まで
(切手不要)

160-8791

141

東京都新宿区新宿1－10－1

(株)文芸社

愛読者カード係 行

ふりがな お名前		明治 大正 昭和 平成 年生 歳
ふりがな ご住所	□□□-□□□□	性別 男・女

お電話 番 号	(書籍ご注文の際に必要です)	ご職業	
E-mail			

ご購読雑誌(複数可)	ご購読新聞 新聞

最近読んでおもしろかった本や今後、とりあげてほしいテーマをお教えください。

ご自分の研究成果や経験、お考え等を出版してみたいというお気持ちはありますか。

ある　　ない　　内容・テーマ(　　　　　　)

現在完成した作品をお持ちですか。

ある　　ない　　ジャンル・原稿量(　　　　　　)

書　名			
お買上 書　店	都道　　　　市区 府県　　　　郡	書店名	書店
		ご購入日	年　　月　　日

本書をどこでお知りになりましたか?

1.書店店頭　2.知人にすすめられて　3.インターネット(サイト名　　　　)

4.DMハガキ　5.広告、記事を見て(新聞、雑誌名　　　　)

上の質問に関連して、ご購入の決め手となったのは?

1.タイトル　2.著者　3.内容　4.カバーデザイン　5.帯

その他ご自由にお書きください。

(　　　　)

本書についてのご意見、ご感想をお聞かせください。

①内容について

②カバー、タイトル、帯について

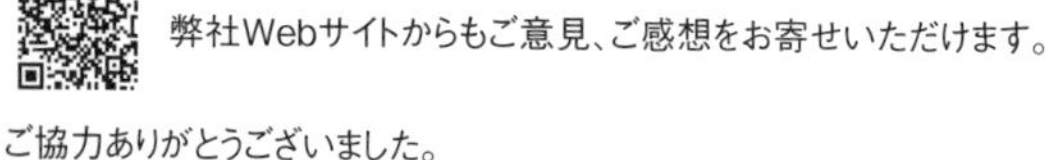

ご協力ありがとうございました。

※お寄せいただいたご意見、ご感想は新聞広告等で匿名にて使わせていただくことがあります。

※お客様の個人情報は、小社からの連絡のみに使用します。社外に提供することは一切ありません。

■書籍のご注文は、お近くの書店または、ブックサービス(0120-29-9625)、セブンネットショッピング(http://7net.omni7.jp/)にお申し込み下さい。

詩

混乱がやってきた、混乱していると

人はいつも素直な善をスッとだせるといいけど
混乱していると、さまざまな悪いことも気にとまったりする。
悪魔に不幸を笑われたような気がすることもある。
そして悪魔にさそわれたように
醜い高笑いが　冷たい勝ち誇りが
さまよっている魂が自分の魂もさそいだす。
だから心を堅くしておくことや　純粋でいたい　清くいたいと
望む心がけが大切なのだ。
人は初めから　醜いわけでも　汚いわけでも　冷たいわけでもない。
なにかの冷たさや汚さに傷つき
変なふうにかたまってしまったところありだ。

生きている自然

緑は黄緑色で若々しさを　山は暮れ時に紺色でさみしさを
私は人という生きもので　季節を感じられる。
新しい季節がめぐってくると　これからのことに胸がふくらみ
しかし、東京や今までのことに　なにもやり残したことはない、と
言える気持ちでもない。
時はもどらないにしても
生きていれば　これからできるなにかがある。
詩はこれから　悲しいことに思いがおよぶが
人間が思ってる〝死〟へのイメージって　悲しいだけだろうか、
生きてることのほうが苦しいような　そういう悲しみも　現代社会にある。
今、家の自然は　新緑に紫色の花が咲き　ツバメはうたう。

心の灯を消さないでおくことって
難しいことかもしれない。
難しいと感じたとしても　簡単だと感じたとしても
今、生きてる　あなた、私
この世に独りで　生をむかえたわけではないよ
あなたがこれから　生きよう、と　死のう、と　あなたが存在してたその事実
なんらか　まきぞえにしたり　影響をあたえたり
恐れや喜びはおこりうる、か、あったはずなのだから。

自然の木と風

風ってなんて微妙に木々を揺らすのだろう。
時には　暴風雨なんて地球上にある。
しかし、風に揺られている木々を見ていると
なんて優しく退屈させなく　リラックスさせてくれるんだろう、と
感謝の気持ちがわいてでる。
自然は素晴らしい造形家だ。
自然の草木花って　なんて色も形も微妙で素晴らしいんだろう。
自然って　時には私達人間に牙をむくけど、
人の心に　優しく働きかけ　リラックスさせてくれる優しさだって充分あるなぁ。

生きているという今の実感、または感覚

何かがピタッとなる、フワ〜ッとなる、ゴクッとなる。
景色が移り変わっていく、それは車に乗って見たり、
歩いて見たり　テレビで見たり。
水を飲む、あぁ生きていくには水分は大切だなぁ。
何で今がこうなのか、ふとわからなくなる時。
過去にどう生かされてるのか、過去はあれでよかったのか　疑問も残ったり、
ふと　未来はどうなのかな、といくらか悲しい気分にもなったり。
今の自分の心を感じると、何かがある、
しかし、それは本当の自分の気持ちなのか　わからなくなったり、
本当はちがうんだよ、と　どこかで否定したり、
そう、否定したいなら、言動、行為にはうつさないでいよう、と思ったり。

何かがピタッ　フワァ〜　ウルウル　ゴクッとなる何か、
生きているって　なんとなくってあるなぁと感じたり。

なつかしいと想うことと不思議だなぁ

今はもうあの東の北の部屋は私の部屋ではない。
あんな小さな部屋で　思春期、青年期の胸の痛みをかかえてた時期、
そして楽しかった時もあった、あんな小さな部屋で
さまざまな思いをかかえていて、ふくらんでいたと思うと、
今はもうないせいか、よけい不思議に感じる。
今の私の部屋もそれなりに気にいってる。
でも、今あるおかげか　それは生活と共にあるような気がする。
もうあの北の東の部屋は　なんらかの思いというか、感じというか、思い出だ。
でもなんだかなつかしくもある。
なつかしく想えることって　なによりの良薬かもしれない。

胸の真ん中が

ふと、人々の営み、私という人の生を感じる。
私は死んでないから、今生きている。
生も死もよくわからないところもあるだろう。
今、生きている。
そうして心の真ん中が　なんだかズキッと痛くなる。
生きているのも楽しいことばかりではない。
かわいそうなことはなるべく減って
うれしさがたくさんある生になれば。
犠牲になる人がいる。
何かの犠牲になって傷ましいことになったことや人があったり、いたりすると、
別の何か、だれかにも　祝福してやれないようなこともあったりする。

悪いことをした人かもしれないけど、
その瞬間は、少なくともその瞬間だけでも、
痛ましいことって　あるものだ。

冷たさの中で何か

冷たい中、ふと底のほうに氷のかたまりの中に花が咲いている。
ガラスなのか、いやちがう　やはり氷なのだ。
その氷はいつかとけて水になり　花にとっての潤いになるのだろうか。
冷たさの中　心の風景は　シマウマ柄のように
冷たさと夕方の雲のような色が重なっていく。
ああ、その夕方の雲のぬくもりよ、
やがて暗い夜の色になってしまうのに。
人は冷たさの中の花とか　夕方の雲のようなどうなるかわからないものの美しさとか
そういうはかない美しさでも　心のどこかで感じてないと
ちゃんと生きていこうとは思えない
弱い生きものかもしれない。

腹黒さという痛み

何の痛みも味わわなかったら　生きもの、人は腹黒くなんかならないかもしれない。
生きていくと　弱虫の中の純粋さが打ちくだかれたと思うと、感じると、
心のどこかに腹黒い針金ができてしまうこともあるだろう。
しかし、腹黒さという心理に負けて
悪いことをしたり
善いことをしなくなったりすれば
それはもう負けなのだ。
腹黒さという痛みから　浄化して　ちゃんと生きられなかったと、
その時だけは腹黒さの頭で勝ったような気がしても
後々になってふり返れば、
もし罪のない人をふみにじったり、

善もわからなくなったのか、と
腹黒さに己自身が負けたことになるのだ。

鳥という存在

どこからか鳥の声がきこえてくる、それは、
ああ私は生きているんだなぁ、と実感にもなるだろう。
鳥は集団で飛んだりする、その姿を見て何か感じ思うところもあるだろう。
うれしくてしかたない時も、悲しみに胸が痛む時も、鳥の声はする、
その時の心理によって　その声から受け感じる心はちがうだろうけど。
鳥よ、あなた達は窓から人々の生活をのぞいても
木々の果実を食いつまんでも　文句も言われない、
鳥よ、あなた達には　人を言葉によっていじめる、ということもできないけど。
鳥というと　自由に空間を行き来できるから、不思議な想いで
人は時に　空想を、想像をしたりするのかもしれない。

悪魔は空気のように

悪魔は空気のように　もう、少なくとも現時点では　どうしようもないから
そんなたいして優しくもない存在、人達　愚かな存在、人達
おかしいくらい、あざ笑うように　面白がって、不幸をあざ笑ってやりなよ、と
空気のように　とがっている鋭さの先っぽに　悪魔の心はふれる。
良識ある人なら、やはり、その鋭い先っぽが心に深く刺さり、
心のどこかが気に病むだろう。
少なくとも現代社会は　心の病み、闇をかかえているのだ。
悪魔のようなことを　悪いと知ってて行うとしたら
自分はなにかしら弱くって
弱肉強食になんかさせたくないから、悪魔のように反抗してみせるのかもしれない。
べつに悪魔の空気をかばってるわけではないけど。

風

朝、おきてガラス戸とカーテンを開けたら　青い、紺色とも言っていいくらいの
深い色した山々が見え、
木々が風に揺られていた。
朝　見た　風に揺られる木々は　まるで笑っているようだった。
昼過ぎ、ベッドに横になってたら　風の音というか　風が木々に音をださせていた。
その風と木々で　できた音をきいてたら、
風って偉大だなぁ、と　自然へのいくらか畏れの気持ちもわきでてきた。
風は時には猛威にも脅威にもなる。
でも、地球は　地球の自然は　風と共にあるのだ。

日々は過ぎていく

日々は過ぎていく。
あの頃の未来だったことも　今はもう過去。
私の一生にはこういう楽しみにしてたことは　おこらないかもしれないと
怯えていた過去も　今まで生きていたら、
ふと実現した、なんてこともある。
過ぎていく日々に　自分は気づかなかったけど、
こんなぬくもりがあった、なんてあれば　人々はうれしいだろう。

私はどこにいるの

私はどこにいるの。
どこからか冷たく寒い風がふいてくる。
いつのまにか
鮮やかなものは色々と。
しかしみんな
それぞれなのか
バラバラなのか。
鋭くとがったカケラが
私のほうにつながってむかってくる。
どこからか冷たい寒い風がふいてくるなら
その痛そうなカケラもどこかに飛んでいって。

なつかしいひよこも
火が燃えたあとのような
灰色のくすんだ色をかぶってかわいそうに。
やわらかくやさしくあれと集まれば
美しい花びらが集まった
花になれるようにみえる。

足音

だれかの足跡で
むなしく散っていた葉っぱが粉々になる。
足音の集まりは
自分達こそ新しい緑だという。
そう、私が流した涙も
いつかは集めてはちみつのような
新しいお菓子のもとになるくらいの
希望をもって。
いつかはその足音も
美しい音楽のおたまじゃくしに似てると
思いたい。

あたたかい夕日がみえれば
そして暮れていって
闇でも光る月が輝くようになる。

故障した時間

ふと自然と流れていく時にも
自然にできた荒れ地にも
まるで定規でつくったような
穴か通り道がある。
建物は大事な何かが傾いても
そこにあるけど
太陽や月の光に似せようとしても
なにかしら血のような色をかぶる。
くずれてただの雪のかたまりになった
雪だるまはあっちが汚れこっちが汚れ
もとの大切につくられた頃の自分を

思い出す。
しかし自然の若芽は生き生きと
花のようなあたたかな色をした
笑顔とむきあって
安心したいと願う。

心のひよこが悲鳴をあげる

だれか女の人が深い悲しみにつつまれ
全体的に涙色になったりする。
まるでその人ののびた髪の毛が
まだ幼いひよこをしめつける。
その幼いひよこは
その人の昔の幸せだったかもしれない。
どこかで単純そうな笑顔を求め
それがあたたかげであれば
幼いひよこの苦しみに気づき
いつかはそのオリをあけてやり
自分の涙や

時の流れでちぢれた糸も
いつかはふっきれ
まるい印象になる。

楽しさがあって生活が優しいといいなぁ

ふと、毎日がなんだかギスギスしている。
今、やっていることにも面白みよりも、めんどうさ
のほうを多く感じるようになってる。
そういう時は、自分のやっている事を
もっとシンプルに感じたら？
人は一人で生きてるわけではないんだから。
疲れたら、休みをいれることも必要よ。
休みに楽しみがあると、
さぁてまたやっていける、という気に
なったりもするさ。
あんまり複雑にみるばかりがいい

とは限らないよ。
シンプルにやって、安らぎやぬくもりや
楽しみ、面白みもあるさ、と
思える心。
ギスギス感じるばかりが、
今のような悲しいニュースが流れてる
現代でも、物事や生活がいい方に
いくとは限らない。
気のもちようでかわることだって
あるんだから。
私はさみしがりやだ。だれか
好きになれると、そこからぬくもりや
楽しみになったりする。
さみしがりなのを否定ばかりしないようにね。

つもり

もし、心がつもりだけでもみてやったら
この世の中もっと優しく感じるかも。
ある人にむけた言葉、
むけられた相手は汚い何かにぶつかって
痛く感じた。
しかし、つもりだけみてやれば
何かいいものが入ってるかも。
至らなかったり、ゆるせなかったりの
今の世の中。
つもりからもっといい何かにつながって
進んでいくといいね。

つもりだけではしょうがなくても
つもりにも夢はあるんだと。

心のどこかに

心のどこかにこの世は悲しいなぁと
胸を痛めている自分がいる。
それでいてほんとうは
死んだ後のことなんかわからないけど
死後の浄土なんかじゃなく
この世で感じるぬくもりこそが
素晴らしいと思ってる自分もいる。
この気持ちは憎しみかと痛くなっても
ほんとうはその根源はちがうなにか
ほんとうは憎しみなんかじゃない
憎しみなんか望んでいない自分がいる。

言葉なんかじゃない
言葉を交わさなくても
安心できる気持ちによってつながれてると
感じられるあたたかさこそ
ほんとうに望ましいと思っても
私の心にわきでるなにかを
言葉にするとなにかしら安心する。
心のどこかにいるのだ
怯えてる自分と
進んでいきたい自分
しかし生きているって何？
この空間でさまよっている
そう感じられることが
生きている、ということかもしれない。

傷ついてるなにか

そうなんだ、傷ついてるようなかおか
そぶりをして、優しくいやされるなら、
なおいっそう悪いことにはならないかも
しれない。
変なことをする人よ
それをする前にもう一度自分の心を
みつめてみて、
あなたはほんとうは
なにかに傷ついてるのではないか。
傷ついた心があるからといって
なにをしてもゆるされるわけには

いかないけど、
攻撃的になりたくなってきたとする、
ほんとうはもうそれ以上
傷つきたくなかったせいかも
しれない。

何かが生きている

小さな抵抗でも
それっぽっちのことでと思われることでも
なんだ、そんなの、とだれかが思っても
その人自身がそれに
心をこめ、満ち足りた思いになれ、
大切に感じられるなら、
それはぬくもりでもあり、
価値になるのだ。
もし小さな石に怒り顔をかいたとする。
大きな荒波でドドンとやってくるばかりが
抵抗ではない。

小さな一枚の枯れ葉があったら、
ああ、命はあったんだ、
そういうささやかなことに気づければ、
やわらかな心になれるかもしれない。

冬景色

青春の中で生まれいづる生命の中で
色彩を失った冬景色。
凍りついてしまって生まれいづる生命など
感じられ思いもしなくなる時代もあった。
メカニズム的なものにおいたてられていく現代で、
メカニズム的に人をみたくない、世の中を思いたくないと
そんな想いを厳しい寒い冬景色に
ときには冬景色のつらさをそんな想いはよりはっきりと知らせて、
目かくしをとってよりしんしんと痛くせまってきた。
より微妙にふるえ、そのふるえはメカニズム的なものに痛く反応し、
自分を他者をも、ときには痛く鋭く

凝視させてきた。
そんな冬景色の中で生きていた時代、
本当なら慰めや気を軽くしてくれるはずの述懐が
混乱し、疲れている自分にとっては単純で端的で陳腐な絵空事。
みずからが鋭くなり、世のなかを生きていかなければならないのに、
ときとして〝かど〟ができている自分に
寛容という一字をより胸に痛く責めたこともある。
しかし生活していかなければならないといううえで、
生活を単純化したくはないが、
なんとなく凍りついたように感じておくる日々のなか、
より混乱させたくないため、
これさえ念頭にはおかなければさっぱりしてるはず、というものを
いつのまにかつくりだし、
一定の線でもって眺めようとする……なんて

愚かしいことも想念してしまう。
しかし、私は冬景色のもつ意味を、
想念しつづけずにはいられない。

つばめの小さいながらも、
若々しいもえいづる生命を
風雨の日でも自分達のかわいい子のため、
そばにいなければかわいい子達が気になり
心配で仕方ないという姿、
いじらしく必死に冷たい雨にもたえている。
生命ってすばらしいとしみじみ思った。
人の一生でも同じもの、
メカニズム的にうちだしたことよりも、
数少なでもなにかしら真にせまるもの、

心にしみじみ感じいり、
教えとか救いとかそんなことではなく
自分の心に一緒にふれ、
ちょうど冬景色のなかで泉が流れだし雪をとかし
冬景色をみながらも、
あたたかいそして永続的な流れを感じさせるもののほうが、
より生きている感じをあたえてくれることもある。
いくら現代がメカニズム的に
そして現代人までもメカニズム的になってきているといっても、
人として、かわらぬ真実性をもつ過去からの旅人からの
心に大切なものすてがたいものをみいだし、
心の冬景色の普遍的な流れとなってくれればいい。

自分が混乱し、疲れてくると、

ときには
ほら美しい自然が流動性をもってかわっていくことも
異なったふうに感じだす。
生活をメカニズム的に感じだすと
不器用にメカニズム的なものに心を痛めている自分が
より悲しみ沈んだものに感じもする。
うきたつように目につく
寛容という抽象語をうまく心に、身に、つけている人達を
何かしら遠いものだが
その存在のもつ意味が
痛くささやく時もある。
努力や誠実という抽象語
嫌悪はもたないが
複雑に現象してくる

複雑に人の心の奥底にふれてくるという意味で
うとましく思うときもある。
心もかたちなどないもの、
流動性をもっている。
けれど……
うん……だれでも疲れている混乱している
何かしら遠く
何かしら近く
胸にせまってくるのだろう。
抽象的な複雑さ
なお人の心にすむ抽象世界
それが現象世界に及ぼす影響
なおのことの複雑さ。
疲れてきたり

悲しみをもってみつめたり
沈んだりするのは
おどけた仮面をつけている人の心にも住む
過去からの素直な表情。
混乱しないように
なおのこと痛めないように
規制を
線を
さっぱりしたもののように
不器用にひきたがる。
物事や事柄が
何かしら遠く
何かしら近く
人がすむ抽象的な心の世界と

現象世界が複雑にからんでいく
この世界のことを感じ思う。

幸せ

今まで望んでいたことを
手に入れてしまったら
もうより以上を望むのでは
心はいつになったら満足するのか
わからないだろう。
あの頃ならよかったと
あとで思い出してる時もあった。
今の生活は
私がそれなりに努力したり
あたたかな親の助けがあったり
他にも

人のおかげでもある。
さらに幸せを望むのと
今、手に入れてる幸福感を
あたりまえだと
ありがたがらなくなるのは
ちがうのだ。
まだ私には
やりたいことがあるのは
自然なのだから。

失うということは

96、97ってわめいていて
その後医者にかかるようになった時
ああ96、97って今より生活に彩りあって
なにか生きてるって感じでよかったなぁ、今よりなんて思ったけど、
今だってマダレンハウスから出て今の暮らしがガクンと元気じゃなかったりしたら
ああマダレンハウスにいたころはよかったなぁと思ってたかもしれない。
マァの写真みて
ネコ、家にいるころはよかったなぁとなつかしく思ったり
大学受験のための勉強の時期はもう過ぎた、
あの頃はもどってこないと思って悔やんでたころは
高二のころ英文一文でもちゃんと覚えようとしてたらよかったとか、

ああ
人って
失ってみないと
今持ってる、今まであったことのありがたみやよさを
しみじみ感じられないところもあるかもしれない。
だから
なにかうれしいこと、
ありがたいと感じられそう思えるなにかをあたりまえだなんて思わないようにしたい。

ストーリー

真似をするより考えて！

りさとまこと

りさは一見幸せそうに笑っていた。しかし、りさには人間に対するある傷ついた感想があった。それは「人は自分が幸せなら、他の人も祝福できて、自分が欲しいものがどうしても、手に入りそうもない時は、エゴむき出しの醜い心で、人が傷つこうがかまわない愚かな者よ」ということ。彼女は、美しい容姿とさえた頭脳の持ち主で、自分のことをどこも悲観するようなことはなさそうだと思っている人もどうやらいるらしい。しかし、彼女にしてみれば「表面上のことで人は勝手に〝幸せな人〟というのを想像し、その人の心の傷なんて思う前に、自分の中の欠けていることばかり気にし、だれかがそれを持っていると思うと、その人が恵まれているからこそかえって皮肉にも、悲運や数奇なことがあったなんて思いをめぐらさず、勝手な嫉妬をしたり、望まれるべき存在だなんて思うのね」と感じていた。とがった観察眼で運命や人生の皮肉を心の傷とともに観察し、それらの言葉を思いつく彼女は痛々しかった。彼女にどんな出来事や事情があったのだろう。彼女は、彼女が悪かったわけではないのに、友人や頼りにしていた大人から裏切られたような傷をうけた。

彼女は、ある出来事が起きる前は、コーヒーでくつろぎながら「私の人生これからどうなるだろう。はっきり道しるべがある人はいいな。私は、まだ頼りない。でも、やろうとする意志はある。笑顔も忘れていない。人を愛する気持ちもある。なんとかなるだろう」と思うような人だった。ある日、彼女は部屋の掃除をし、窓の外を見た。そこには、澄んだブルーが見えた。彼女は夕方の雲の模様がとくに好きだった。「自然は、神様はあんなに美しいものをおつくりになる」と感動した。

夜桜がライトアップされると、幻想的な美しさになる。それも好きだった。「そういった中に、自分の憧れの人、愛する人が立っていたら素敵だろうな」と思った。

彼女は、まだ学生だった。異性にも興味があった。しかし男たらしではなかった。仲の良い数人の子と平凡で単純な楽しい話をするというのが彼女の楽しみだった。

彼女は心で「いつか、だれかとなにか切実な問題について、まじめに話したい。人の悲しみを真に理解できれば、優しい人になれるだろう」と思ったりした。

まことは純情そうな美少年で、りさより精神面ではこどもだった。まことは、りさになにか教えてほしくて近寄ってきた子だった。なぜなら、りさが代表に選ばれた〝幸福について〟という作文に感動したからである。しかし、りさの前にある青年があらわれた。りさの心の支えはその青年で、精神的にまだこどものまことが、かわいいボーイフレンドだった。

りさとその青年とは、たまに会った。彼女は話の中の大切な言葉をノートに記して残しておいた。

ある日、りさとまことは夜の桜を見にいった。彼女は、彼の手の温もりを愛した。彼は、彼女の心の中に、ある青年がいるのを知っていた。彼は、彼女にたずねた。

「りさちゃんは、どうしてもその青年が必要なの？　忘れられないの？　恋してるの？」

夜の桜の美しさに夢中になっていた彼女は、その質問が突然だったのでドキリとした。桜から、まことの顔に目を映した。

「そうねえ。大切な人だけど、あの青年が男だからというわけじゃないよ。その人が女でも、それは私にとって同じことだったでしょう」

まことはとりあえずホッとした。なぜなら、彼は性欲もふくめて彼女を女として見ていたから。でも、その時には、彼女に男性的な性の乱暴をしようなんて気はまだ芽を出したてだった。そのうちそれがどんどん育ち、りさに悲しい思いを味わわせることになるのだ。

彼女は、自分の部屋にかえり、ノートを開いた。あの青年の言葉だった。

「人間の心には、自分がほんとうに望んでいることとは、裏腹な作用が働き、汚いこと、恐いことをのぞいてみたい、という気持ちが起きることもある。まるで、心の中に別人がなにか、けしかけるように。しかし、我々人間は、美しいこと、純粋なこと、善いこと、高めていきたいという心がある。心にしのびこむ邪悪と闘おう」

りさはノートを閉じた。

彼女は、自分を傷つけた大人や友人に対して、まだいくらか憎しみの炎がもえていた。だけど、優しい彼女はこうも考えた。

「でも、それらの人も同じ人間社会の中で、いつ踏みつぶされるかわからない存在なのだ。

自分が傷つけた人に復讐される恐さもわからない弱さもある。それに、憎しみよりも、哀れみの心が大切ということだってある」

夜になり、彼女はベッドに横になった。女の彼女は、まことのことが好きだったけど、このベッドの中に彼がいてくれればいいとは思わなかった。女のりさには男になにか変なことをされる恐さがあった。

男と肉体関係を持ったことのない彼女はこう思った。

「さみしい時、そっとあたためてくれる温もりとしてなら、まことがこのベッドの中にいてくれればいい。男の性欲なんて、もし寝てみても、わからないかもしれない」

なんて思いながら眠りについた。

朝になった。りさは寝起きがあまりよくない。できれば午前中いっぱいベッドにいたいくらいだった。下におりていき、朝ごはんを食べ、コーヒーを飲み、顔を洗った。今日は日曜だった。まことが、りさにプレゼントするぬいぐるみを街に買いにいき、りさも「私も一緒に行く」という日だった。

彼女は人混みの中で、以前気持ちが悪くなったことがあった。そういった心の傷をりさ

は忘れようとしていた。まことは、

「これなんか、りさちゃんの家のネコのピィに似てるね。これにしよっか」

とりさに聞いた。彼女は、

「わあ、ほんとうに似てる。まこと君、ありがとう」

りさはその時、まことの中の自嘲している傷には気づかなかった。彼女は、その青年のことも、まことによく話した。まことは、その青年のことを思いやりの深い優しい人だと思ったが、嫉妬の毒のしずくが、もうすでにおちていた。でも、まことは、そのぬいぐるみやネコのピィを無邪気に愛するりさが好きだった。

りさとまことは手をつないで街の中を歩いた。ふと、大きな鏡に、りさが映った。まことは、りさに、

「りさちゃん、キレイなんだから、他の男に気をつけてよ。りさちゃんのボーイフレンドは、ボクなんだから」

と言った。その日、一緒に食事をし、楽しくそれぞれの家に帰った。家に帰ったりさは、ぬいぐるみとネコのピィを横にならべてみた。「あの子は、こどもらしい心を失わない無

邪気な男の子なんだ」と、まことを愛しく思った。

りさにとっての幸せの転機がやってきた。まことにとっては、つもった嫉妬の爆発だったのだ。彼女は、だれも他にいない、彼の部屋にいた。彼女に彼は「男の女の愛し方をおしえてやる」と、りさの服をぬがしはじめた。

「キャッ！　どうしたの？　私なんにも心の準備してない。やめて！」

と言ったが、彼はやめなかった。彼は、

「そんなにあの青年がいいのか。あの人はりさちゃんにとっては女なんだよ。それなのにりさちゃんは恋してる。あの青年のことをよく話すし、想ってる。男のボクの愛情で君を抱く」

事がおわって、彼女はシクシク泣いてしまった。

「ごめんね、そんな不幸なジェラシーを持たせてしまって」

と言った。

それから何度も、まるでレイプのようにりさは犯され、抱かれていった。しかし、彼女はある意味でまことがかわいそうだったのでだれにも言わなかった。しかし、彼女は恥ずかしさでいっぱいになった。

「もう、まこととは離れよう」と思った。

りさはあの青年とも、もう会わないことにした。あの青年と会ってると、まことに知られるのが恐かったからだ。

彼女は自分のやっていたことは、二股だったんだ。自分のボーイフレンドに、心の中にいる人のこと喜んで話していたのだから。まことは傷ついていた。あんなふうに傷つけるなら、はじめからまこととは関わらなかったほうがお互いのためだったのかもしれない、と自分を疑うような反省をした。

しかし、まことがもっと広い心であの青年のことを見てくれていたなら、とも思った。りさには嫉妬について学ぶ機会でもあったのだ。嫉妬とは、甘えやその人をあたたかい、すがりたいと思い、どこかでもっと関わりたいから相手を傷つけてまでも、自分のエゴに負けてしまうんだなぁ、と一つの感想を思った。

はやととみのる

おかしなコンビだった。はやとは容姿は並で、成績は優秀で、一見おとなしい、笑うことの好きな人だった。みのるは容姿は美しく、おとなしそうであまり話もしないのかという印象を与えることもあった。成績はかつて良かったらしいが、今までなにか揉め事があったりみのる自身考えこんだりしていたので、今はかつてほどよくないらしい。

はやとは、満足して人生を送っていた。はやとは、その優秀な成績も、なんでも事務的にこなし、余計なことを感じたり思ったりしないことのおかげだと思っていた。

はやとは、みのるにある日こんな話をした。

「キレイな人もいれば、そうじゃないのもいる。頭がいいのもいれば、よくないのもいる。金持ちもいれば、お金に困っている人もいる。幸せな人生を送っている人もいれば、そうじゃないのもいる。運が良いのもいれば、不運なのもいる。人間、それぞれの分に満足して、余計な不満を思わないのが、幸せへの近道だ」

みのるは、カチンときた。

「あなたねえ、なんでも一方のはしにすればいいってもんじゃないよ。そういった一方のはしから、傷ついて心が腐っていくような、発端になったりするんだよ」

　はやとは、

「そりゃ、そうかもしれない。けれどボクはカッコイイ容姿じゃなくても、カッコイイ人に意地悪したりしたことはなく、この容姿で人生を満足して送ってきた。この容姿じゃあと思って憧れの美人も諦めた。しかし、ボクには、頭の回転もいい、頭がキレる、心配してくれるあなたの心がわからない。それに、ボクを非難したり、毒舌を言ったりするね。友達だと思っているのはボク一方かな」

　みのるは、

「そんなことはない」

　と言った。

　みのるは痛ましい過去を持っていた。家庭環境にも恵まれず、両親がしょっちゅういがみあいをしていた。こども時代のみのるは、どうしたらいいのかわからず、おどおどと、なんとか両親の仲が良くなるようにと思っていた。友人や他の大人は、彼のとがった性質の中の良さを理解してやれず、中には彼をいくぶん憎んだりした人もいた。彼は、神経の使いすぎで精神科に通っていた。そこでも打ち解けようとして弱みを言ったら、彼をばかにするような決めつけるようなアドバイスをされ、うまくいかなかった。彼は、人間なんてみんな、偽善者なのかもしれないと悲観した。

はやとは、ある日人を信じられないというみのるに、それは疑心暗鬼ということもあるんじゃないの？　と言っても説得力がなかった。

みのるには清らかな花を楽しむような憧れ、心の浄化が必要だった。人や世の中の汚さに傷つき、もう自分はキレイじゃないと思っていた。

まきとこのは

まきは人間に興味があった。まきはどんな人も心の冷たい氷が融けて、あたたかい涙になったり、心の春はだれにでもくるということを信じたかった。

しかし、まきはある不満を持っていた。「人間なんて、自分の好き勝手な夢の中で生きていて、夢中になれれば、他人をほんとうに理解しようなんてしないんじゃないかしら」と。まきは、傷ついたり、自分の心にも故障感を持ったりしたことがあった。まきは人にもっと聞きたいと思うようなことがあっても、あまりにも痛々しいと感ずる時は、たずねなかった。まきは、苦しい思いやイヤな思いをして生きているなんてばかげている、とそこまで傷ついたことがあった。彼女は心のどこかで人に苦しい思い、イヤな思いをさせたくないという切実な願いも持っていた。彼女は、もっと彼女自身を信じて生きていってもよかった。

まきは、まだ心のどこかに憂うつの傷が残っていた。

時々、ぼんやりと、「あの人達が私に関わらなかったら、私のこれまでの人生は、もっと明るく、充実したものだったかもしれない。あの時、ああじゃなくこうならば――」

また、ある時には、

「あそこで、ああしているのが私――。ほら、人の痛みや満たされない傷を癒やそうとしている。あんなことがあったからこそ、優しい人になれた私は、人生の春だと思って、光り輝いている。人にも優しくできる。一杯のコーヒーも人生の大切な一部分だと思って愛せる。ほら、以前、体のだるさをとろうとしてコーヒーを飲み、胃の具合を悪くし、いくらかコーヒーを呪ったのとは違うわ」

このはという女性に、まきのことが知られたのも、まきの友人がまきのことを優しい人で、心に複雑な傷を持ち、しかし不屈の人だと話題にしていたからなのかも。

このはは、ある意味で誘惑の悪魔だった。このはは、まきに語りかけた。

「ねえ、まきさんは別に悪いことをしたわけでもないのに、人生のめぐりあわせの悪さから、不幸というものを感じたりしてきたんでしょ。ほら、あれをごらんよ。あの人なんかぬくぬくと恵まれて育ってきたから、人にも優しくできるのよ。まきさんが冷たいところをとぼとぼ頼りなく歩いているような時に、人生をやりがいのあるものとして、自信を持って歩いてきたのよ。あの人は優しいよ。だけど、ぬくぬくと大切にされ、だれか正しいことをしてくれる人に恵まれ、いつも生きがいを感じながら生きてくれれば、だれだってそう、心があたたかいのよ。今、あの人は、はじめての不運で深く傷ついているわ。笑ってやりなさいよ。まきさんがとがったのは一方的にひどい目に遭ったからでしょ。あの人は、周りからあたたかな迎えられ方をし、やわらかい心でいられれたのがうけたから、さらにその幸せが続いたのよ。まきさんにひどいしうちをしたような人も、あの人には今まで祝福を送っていた。しかし、神様は見ていたのよ。まきさんが弱り、傷ついている時に、冷笑をしたようなヤツらが、今まであの人のような人にあたたかい笑顔を送ってきたのよ。あの人は、なぜこんな不運な目に遭うのかわからず苦しんでいるわ。だってあの歳で、はじめての不幸だもの。まきさんは幼少の頃から、まるでいじめか差別をうけてきたのに、あの人は優れた位置として大切にされてきたのよ。まきさん、あの人の不幸をいい気味だと笑っておやりよ。それに、まきさんを妬んだり、足を引っ張っていた人や、うらやましい、から妬みにこれからかわりそうな人間を、ただの欲深な浅はかな愚物だとみなし、けちらしてやりなさいよ。足を引っ張られたら、その手をけりかえすくらいの気がなくちゃ。まきさんは優しすぎるから、今までそんなひどい人達のことで悩んだり、傷ついたりしてきたのよ。ああそう、それでもまだ悔しかったら、まきさんも欲や嫉妬や足引っ張りをおぼえて、使うといいわ。復讐くらい、してやりなさいよ。まきさんは復讐心の使い方を知らないのよ。世の中なんて醜悪だもの。汚いことには、汚いやり方でたちまわらなきゃ、生きていけないわよ」

まきは、そう話すこのはは人生の不条理に絶望し、苦しいことがあったのかも、と思った。

まきはこのはの誘惑に負けず、ひどいことはしなかった。しかし、このはは人の心のおいつめられたギリギリの痛みをわかってくれた、といくらかまきはせいせいした。そのあとでまきは自分を軽べつした。

まきは愛ネコのミィと自然の中へ出た。心がやりきれず、憂うつの傷がうずき、人間不信の苦しさ、むなしさ、なにかをどうにかしなければならないのに、時間が思うように経ってくれない時には、ネコのミィの相手をしていると心が和むのだ。ミィには、たとえ、まきが故障してポンコツになってしまったとしても、自分のほうがましなんて頭はまわらない。まきは、自分に甘えてくるミィににぼしをやった。ミィの大好物は、にぼしとカニとホタテとエビとのりとまぐろのさしみなのだ。

「ミィったら。ミィの好物は、人間でもゼイタク品よ。ミィには値段なんてわからないでしょうけど」

ミィは庭で木に登った。ミィは木で爪とぎをした。ミィは大地を思いっきり走った。ミィはポッチャリしているけど、走ると速いのだ。まきは、「あの短い足でゴムマリを転がすみたいに速い」と思った。ミィはボンボンで甘えっこだった。

まきは、ミィを写真にとった。菊の花とミィ。コスモスの花とミィ。庭石とミィ。まきは、たくさんミィをとった。ミィはネコだから、まきより早く死んでしまうから。夜、まきがテレビを観ていたら、ミィがだっこにきた。ミィは重いのだ。七キログラムもあるのだから。でも、ミィがかわいいし、ミィのフサフサした毛、ポッチャリしている体をさわりたくて、重いけど、しばらくひざの上にのせてやった。ミィは目をつぶり、ごきげんだ。

その日、まきは、「しばらくなにも考えたくないなぁ。このはさん、まだ私になにかけしかけるかなぁ。このはさんには、このはさんなりの事情と苦しみがあったに違いない」と思いながら、眠りについた。

まきは、写真ができたので、友人に見せた。友人は、

「まきんちのミィちゃん、器量よしねぇ。目がかわいいわね。印象的な瞳のネコちゃんね。まきに似たのかしら」

「あら、たとえミィが不器量だとしてもミィをかわいがるわ。ミィは性格がかわいいのよ。家の者みんなに愛想をふりまき、愛される喜びでミィの心は満たされてるのよ」
「ふうん、なら、まきも、もっと自分に自信を持ちなよ。まきには、だれでも思いやれる優しさがあるわ。まきは愛すべき人よ」

また、夕焼けがやってきた。夕焼けの雲が、言葉ではたとえようもなく美しく舞い、やがて星のちりばめられる夜が更けた。まきは自分の部屋でおフロあがりのヘアをドライヤーで乾かしていた。まきは、どのメーカーのムースだろうが、新製品ならよかった。気分次第でいろいろかえたりした。まきの目には一日使い捨てのコンタクトレンズが入っていた。念入りにブラシをとおし、三十代近くなのでローションとミルクの手入れも欠かさない。鏡は、夜は少し恐かった。コンタクトレンズをまだ使わなかった頃、いくらか鏡の中の自分の顔がボケ、光線によって自分の顔がのぞくたびに違うように見えたから。それなのに、美人のまきは人から鏡をよく見ているという理由で、おこんじょ（意地悪）されたことがあった。

まきは、こたつのカバーの中にもぐっているミィを、引っ張り出し、ミィを抱きしめた。

「ミィ、長生きしてね。ミィのこと大好き」

ねこに言葉は通じないが、かわいがられているのは通じる。ミィは、ごきげんな幸せそうな顔をした。

まきは、店にくつ下を買いにいった。今まで履いていたものが、すりきれ、穴があいてきたから。柄はどうでもよかった。色は、なるべく地味なものを選んだ。

まきと、まきの母は夕飯のカレーをつくり、サラダを用意して、とりとめもない話をし、楽しく夕飯を食べた。ミィには夕方の分のにぼしをやった。

まきは、このはから手紙をもらった。

「まきさん、いつかはあんなひどいことを言って、まきさんを堕落させるような誘惑をして、ごめんなさい。でも、まきさんなら、人の弱さも愚かさも冷たさも傷も、なにか理解してくれると思ったから。私も以前は自分の意志を持った、人のためになりたいと思っていた、けっこう優しい人だったの。だけど、いじめられて、なにかが狂いはじめたの。もう私はキレイじゃないわ。いじめられて、私は世を呪うようになりました。そのいじめというのも複数で、だれがその中心人物なのかさえもわからなかった。なにか私のことを知ってるような、私にとってはわけのわからない妬みか逆恨みのようなものだった。でも、はじめは私のことが好きだから、私の周りをウロウロしているんだと思った。ほら、いじめられっこがいじめる側にまわるという話があるでしょ。私はそれに負けてひねくれてしまったの。私がなにか輝いてるのが、愛情を持っているのが、いじめてる人達のしゃくにさわったらしいから。堕落したほうが楽だもの。気高く戦うのは、ばかげてると思ったの。だって、あんな直接話をしてくれもしない人達で、自分の言いたいことだけ言って逃げてく人達だったもの。私の心には幸せやあたたかさに対する嫉妬と憎しみの傷だけが残ったの。まきさんは、いつまでも優しい強い人でいて下さい。さよなら――このは」

まきは、この手紙を読み終え、このままじゃこのはがかわいそうすぎる。ほんとうは、まだ傷ついてもがいている。なんとしても、このはに直接また会って、このはの笑顔を見たいと思った。

まきとこのはが会ったのは、ある自然公園だった。鳥がさえずっていた。ノラネコもいた。まきは、このはに、

「周りのことは、あまりにもひどいと思ったら、忘れたほうがいいかもしれないよ。忘れたほうが楽だよね。それにこのはさんだって以前のように、優しい人でいたいんでしょ」

　このはは、

「でも、もう私は私でいじめる人達がウロウロ出てくる場所で、遠くからけっこうひどいことを言ってしまった。私にしてみれば、しつこく一方的にひどいことを言われたからだけど。わけすらもよく話してくれなかった。ヤツらはわけなんてわからなくてもいい、いい加減なヤツなのよ」

　まきは、

「私は人間嫌いや、人間不信の傷がうずく時、ネコや鳥を愛したよ。甘えてくるネコのミィを見てると、だれかになにかに甘えることにも、優しいあたたかな気持ちになれ、このはさんが自分自身に傷つき結局、私は弱い、甘ったれた人間なんだと思ってたとしても、それが傷が癒やされる一つの手立てになるかもしれないよ」

　このはは、涙を流した。まきの胸に顔をうずめた。しゃくりあげながら、こう言った。

「私は私なりになぜこんな目に遭うんだろうと傷ついてたの。ひねくれた私のことを、ただ甘ったれるな、忘れろ、強くなれとしかる人はいたけど、もう自分の良さにも寄っかかれない、自分自身を頼れない、甘えられなくなった私の心の傷は理解してくれなかった」

まきは、このはのうけた傷は、やるせないやりきれないものだろうと思った。

また、まきにとっても夜は更けていった。おフロにつかりながら、鼻歌を歌った。まきだってもっと気楽でいたほうがいいのかもしれない。でも、心配したりして、気をまわすからこそ自信が持てるということもある、という矛盾を感じたりする。

まきは、ふと疑問に思った。人は満足していれば優しい人になれるのかしら。それとも、不満の中で、まだ不足なものをこれからなんとかしようと苦しんだり、望んだり、もがいたりして優しくなれるのかしら。

まきは、自分のノートを開いた。こう記してあった。この世の中には、意味のないことなんて、ない。汚い大人と思っても、その人なりの事情がある。みんな、なにか欠けているか、なにか欠けていると傷ついたりする。人は弱さを持っている。キレイな心のままでいたいと思うのはその人の強さにもなる。純粋であることを大切にすれば、いつか人はその人の良心をわかってくれる。

まりえとゆき

まりえとゆきとは、けっこう幼い頃からの知り合いだった。まりえは、まあまあの美人だった。ゆきは器量がよくなかった。まりえは、自分は他になんの取り柄もないし、まあまあのこの顔くらいよと思っていた。まりえは傷つくという心にあまり敏感でなかった。ゆきがよく「ブサイク」なんて言われても、かばってやらなかった。

まりえもゆきも年齢は大人になった。ゆきは「こっち（ゆき）はブサイクだけど、そっち（まりえ）は、いい顔ねえ」なんて言われても悲しそうな顔をするだけだった。

まりえはその顔でけっこうチヤホヤされて生きてきたので、容姿には不満はなかった。

ある日、まりえは知らない顔に会った。まりえとゆきは友達というほど仲良しではなかったので、ゆきが美容整形したのも、しようとしていたのも知らなかった。

「あなた、どなた？」

「あら、まりえさん、私ゆきよ」

「キレイになったのねぇ」

ゆきはけっこう派手な整形をして、まりえよりも派手な顔になった。

ある男女の集まりで、まりえとゆきが、偶然一緒だった。ゆきの周りにも男の人が集まった。ゆきは、笑顔を浮かべながら、話をした。美容整形する前のゆきは、顔より話などで人をひきつけたいと思っていたけど、今、私のことをキレイな花だと思って寄ってくる異性がいると感じていた。

ゆきは、まりえがチヤホヤされて自分はブサイクと傷つけられる言葉を言われ、かばってくれなかったまりえに、今はどう！　なんて思いながら冷たい笑みを浮かべ、まりえのほうを見た。まりえは、いじめられっこをかばってやる、せめて「そんなこと言って、人を傷つけるもんじゃないわよ」とでも一言出るようならゆきもまだ許せたが、そうではなかった。そのくせ、ゆきの得意そうな冷たい笑みには、カチンとなった。ゆきが美容整形したと知らない今度の集まりで「あの顔はつくりものよ」と言ってやろうかと思ったが、そうしなかった。

皮肉にも、まりえとゆきは同じ男の人を好きになってしまった。彼は、鈍感なまりえよりも、ゆきのほうを気に入った。

ゆきはよそいき用の服装で彼に会ったりしていたが、そのうちもっと普段の服装でも会うようになった。彼は、

「ゆきさんは、キレイだからなんでも似合うね」

ゆきは、

「あら、そんなこと――」

とほおを赤くした。

まりえは、ゆきの初めての異性との交際に、はじめは興味があった。でも、その男性はまりえの気に入った人だった。

ある日、まりえはゆきの許可なく美容整形前のゆきの顔写真を持って、彼の前にあらわれた。

「これ、だれだかわかる?」

「知らない人だなぁ」

「あなたが、今夢中になってる、ゆきのほんとうの顔よ！」

彼は、それほど立派な人柄でもなかったが、飾るというのはキライだった。むしろ飾るのをキライだけだったのかもしれない。「もう、ゆきさんとは付き合わない」と、そう思った彼はやっと喜びの芽が出てきたゆきの心の芽をつぶしてしまった。ゆきは、春が来たから心の芽が出てきたような心から、凍りつく冬にもどってしまった。ゆきは、彼に夢中だっただけに、その傷みも大きく、自殺してしまった。

ゆきのことを、そんな男の人のためにそこまで失望して絶望しなくたってよかったのにと言う人もいた。まりえは、そうなのにと言う資格もないと思った。

メルヘン「みぃこ」

みぃこは自分をポツンとさみしく、ここにある存在だと思っていました。みぃこの心はまるで、外に出してもらってはいるけど、カゴかオリの中に入れられ、他の小鳥もいないポツンと一羽でいる鳥でした。みぃこは思いました。他の鳥達は何羽も一緒にいて、自由に空を飛んだり野に行ったりしているのに、私ばっかりこんなところに入れられている。だれかがみぃこをかわいそうに思い、みぃこをオリから出してやりました。みぃこは幸せでした。他の者達に目をつけられるまでは。

他の者は、みぃこが見慣れぬ色をしているので、はじめはただ、キレイねと言っていました。他の者はみぃこにもっといろんな色をつけていいか、と聞きました。みぃこは洗えばおちるだろうと思って、いいよ、と言いました。いろんな柄をつけてもらったみぃこは、そのうち自分は、もとより汚れていると思うようになりました。中にはおちない柄もありました。そのおちないところに、ピカピカする堅いものを、他の者がみぃこにつけました。

みぃこは、キラキラ光ってキレイだと喜びました。みぃこはうれしそうに、歩きまわりました。みぃこは足をすべらせ、石につまずき転びました。そしたら、そのピカピカするものがみぃこにささりました。みぃこはかなりひどい傷を負いました。みぃこがその傷を治すため、休んでいる時、やっぱり余計な関心を持たれないほうが幸せなのかなぁ。たとえ一人ぼっちでも。なんて思うようになりました。

みぃこは花を育てるようになりました。だれの迷惑になるわけでなく、みんなが心和むだろうと、これなら安心と思ってです。花はみごとに咲きました。みぃこは大喜びです。みぃこは花が愛しく、水を注ぐことに、花が存在してくれるありがたさを思って、よろこんでそうして育てました。みぃこの心の中の花でもあったのです。

ところがある日、花が無残にもつぶれているのを見ました。みぃこは、だれかがひょっとしたひょうしに踏んづけてしまったか、自然にそうなったんだろうと思い、悲しかったけど、また新しい花を育てようと思いました。

今度も、みごとなかわいらしい花が咲きました。みぃこは毎日、ながめました。夜、眠る前にも心の中でおやすみを言うほどでした。

しかし、次に花がつぶれているのを見た時は、みぃこはこれは偶然なんかじゃない、だれかが、やったんだと思いました。みぃこの心にムラムラと復讐の炎と憎しみの炎がもえあがりました。だれに迷惑をかけるわけでもなく、花なんて弱い立場のものを踏みつけるなんて許せないとみぃこは思いました。みぃこの心は欲望や妬みで、できていたわけでなく、思いやりを持って、なにかを育もうとして生きてきました。

しかしみぃこは妬みや足引っ張りという悪が知りたくなりました。みぃこがそうなったのは、そういったものを感じ味わい、知っておかないと自分を守れない、自分の愛しいものを守れないという切実な思いでした。みぃこは他の花を見て憎らしくなりました。自分がそういう目に遭ったように、それらの花もつぶしてやろうかなんて思いついたけど、そういう心を軽べつしていたので、どうしても実行する気にはなれませんでした。なにをやったらいいのかわからない、たいした希望もみつけられないみぃこは、毎日、不安や心配に心を使うようになりました。みぃこは怯えてしまったのです。みぃこは過去に味わった幸せ、仲間がいてくれたらいいと思ったこと、まるでもう手に入れられない、もどってはこないが、幸せを目が覚めている時の夢の中で味わいました。それは、幸せは想像はするが、現実には手の中をすりぬけていくものという思いでした。

みぃこは、そのうちやりたいことを見つけました。みぃこは生活にハリとうるおいができたと、心に明るい光がさしこみました。でもみぃこは一人ぽっちでした。みぃこはいろいろとひどい目に遭ってきたけど、やはり友が恋しくなりました。苦しみも痛みも弱さも、むなしさもわけあえたら、悲しみは減り、喜びや楽しさが増えるだろうと思いました。

いよいよ、みぃこの旅立ちの日がやってきました。みぃこは希望に胸をふくらませて、友のところにやってきました。みぃこは、たとえ、妬まれても足を引っ張られても、かつて自分がそういう思いを軽べつしながら悔いたようにそれに耐えていこう、痛みや弱さに理解をもとうと思っていました。みぃこはやられたので、自分もやってみたくなっただけなんですから。

みぃこは毎日を充実した思いで送りました。充実している時は、たとえ一杯のコーヒーでもおいしく、生活の中の大切なワンシーンだと思えるものです。みぃこは毎日を、まるで太陽が、同じ風景でも時間の移りかわりで、いろいろ見せてくれるというふうに、時の流れを愛しました。友とは、いがみあいはしないようにみぃこは心に決めました。ケンカのほうが本音でぶつかった後、真に理解できるという考えがあるのも知っていたけど、怒りが持つ残酷さがみぃこには恐ろしかったのです。やたらと、ひけらかして不幸な嫉妬心をまねくようなことも慎みました。お互いのためにならないし、自分がカゴの中の鳥のような思いを味わった、苦労人としての思いやりもみぃこにはありました。

そのうちみぃこはある鳥が他の花をつぶしまわっているという光景に遭いました。その鳥にしてみれば、だれのでもいいといった感じです。しかし、その羽や足につぶしまわった時にできたいくつもの傷ができているのを見たみぃこは、手当てをしてやりました。その鳥は泣きました。みんなは私のことを非難するけど、自分を傷つけてまでもこんなことをしている。その自分にできた傷を治るようにケアしてくれた。そういう優しいみぃこに会ったので、自分の中の氷が融けて、あたたかい涙になったんだ、と言いました。

みぃこはふと敬愛するナイチンゲールを思いました。みぃこは自分なりに、心のケアをしていきたいと思いました。みぃこは傷つきながらも真理にむかって、闘った作家や詩人を心の支えにしていたけど、今はだれかの心をケアすることで、自分も癒やされると感じ思っていました。

みぃこはこんな場面にも遭いました。ある鳥があの鳥は自分の取り柄をひけらかして、いい気になっている、気にくわないと言っていました。みぃこは、まだ自分のやっていることにたいして、まわりの心理も考えたほんとうの自覚がないいんじゃないの、とうわさしている者達に言いました。みぃこなりの感想が、お互いの理解のたしになると思ったからです。みぃこは、でもせっかくの鳥の集まりにやってきたのだから、揉め事よりも、平凡かもしれないけど、単純な喜びがいっぱいあるといいな、と思いました。みぃこは今までのことにいくらか疲れも残っていました。

メルヘン1

木みたいなものがありました。腐っているような毒のあるような実か葉と、おいしそうで見てくれのいいものも同じ一つの木にありました。虫が育つようになりました。前者には針みたいなものがいっぱいはえた虫、後者のは見てくれがよく光をすいこみそうな虫です。主はどちらかというと後者のほうを大切に重んじていました。主は後者の虫に針みたいなものがなく動きやすい形をしているのを見て、動きやすいような針みたいなものがはえるものを巻きました。それが育ちました。前者の虫はいつもまわりが暗闇のようでした。動くのに不安もあって針がいっぱいはえてしまったのです。後者の葉か実のようなものからは光がいろいろ出ていたので、寄っていけば自分もあたたかい光につつまれて、この針みたいなものもなくなるような希望を持って近づいていきます。ところが、あまりにも見慣れないようなわくわくする気もしたけど、よそ見をしてしまいました。そして、むこうから後者の虫がここは自分の領域だし自分のほうが主にも大切にされているようだし、前者の虫がよけてくれるだろうと思っていたのです。あまり慣れないところでよそ見をしていた前者の虫と、後者の虫がぶつかって、前者の針みたいなものがささって後者の虫は死んでしまいました。これを見た主はこの腐ったような毒のあるような葉か実みたいなところで育った虫やそれらには、きっとほんとうに腐っていて、毒が後者の虫にささって殺してしまったのだろうと思い、前者のそれらをピンセットで冷静な顔をしてとって地に捨て、踏みにじってしまったのです。ところが木は枯れてしまいます。後者の実か葉っぱみたいなものはまだあるのに。もう後者の虫も育ちません。前者のそれらはこの木の栄養分になるような薬のような大切なものだったのです。主が後者のほうをと、前者をそまつにしたまいた種でもあるのです。

途中からストーリーの展開をかえてみました

主は、夜もあるけど、まんべんなく光る太陽のようでした。すると、前者の虫やそれらも不思議な夜にひかるようなものを発するようになりました。後者のものとおたがいに尊重するようになりました。すると前者の虫のいっぱいはえた針みたいなものがなくなっていくのです。この木はこんなふうになりました。

針虫のようなお話

時々いじめられているのか、自分でいじめられているように思っている虫がいました。とがった針のようなのがはえてきました。でも自分の居場所に不安もあったしやたらとさしません。なにやら触れあうというか、ぶつかった時にほかの虫にささってしまいました。ほかの虫はもっと丈夫そうな針みたいなのを根にぶつければ、とれて安穏になるだろうとなげてきます。とれたけど赤くずきずき腫れてしまいました。青あざのようでもあります。これを見た主はこの虫を透明な虫にしました。針みたいなものはとがったりまるくなったりするけど、この虫はいないと思っていたりするといたり、いたと思っていたとしてもいないのです。

心にとめておきたい言葉

人はだれでも変わってくようで変わらない、変わらないようで変わってくことがある。

人はわからない人生のなかで、何か大切にし、心をふれあいたくなるもの。

人間不信の追究も機械的な軽べつであったりすると、人の心を傷ついた心を大切にしているのではなくなる。

人間不信や人を憎むことは思うに値しないということは私もわからないのではない。

人はだれでも傷ついていないようで傷ついていると思う。

絶望と不安と不満の石のようなものを、いま勉強としていじっているような気がします。

希望と安心と満足も思いながらしましょう。

安心や希望や喜びや楽しさや満足や愛しさに気づくようにしたい。

つまらない不安、ばかばかしいようにも思う不条理。とがって憎らしい自分になっても
どこかでくだけてささって胸を痛めるのは自分なのです。

私はなにをのぞんでいるのだろう。わからないのです。それがなお絶望的にもさせます。
けど、絶望ではないようにも思う。

私の不安はこの世には穴があるように思うこともあるし、その穴におちないようにいろ
いろあっても希望にもっていきたいと思ったりもする。

いろいろなことに愛着を持つのは自分に愛着を持つことにもなるだろう。

悲しさ寒いひえびえとするような思いが求めるのはあたたかさだろう。孤独を感じ思っても心は自分一人のものではない。

ああ涙を愛せたら。涙とは目から出てくるだけでなく心にわいてくる涙です。悲しむ価値もないようにあざけられれば、涙は枯れてしまうようにも思う。

不幸の中でもふわふわ感じることもあるし、幸せの中でもふわふわ感じることもあるから。でも人間は他者の不幸だとしてもそれを心からわらえるものではないと思っている。

過去にみた自分の心はあぁあの頃はとそのままうかぶのがかえって悲しくなることもある。愛しさがなによりの思い出かもしれない。

著者プロフィール
まり花 法子（まりか のりこ）
1971年生まれ
群馬県出身

ある魂の巡り会い

2021年12月15日　初版第１刷発行

著　者　まり花 法子
発行者　瓜谷 綱延
発行所　株式会社文芸社
〒160-0022　東京都新宿区新宿1－10－1
電話　03-5369-3060（代表）
03-5369-2299（販売）

印刷所　株式会社フクイン

ISBN978-4-286-23224-9　JASRAC 出 2107830－101